增訂新版

爸爸的超級任務

鄭丞鈞——著
劉淑儀——圖

名家推薦

張子樟（台北教育大學語創系教授）：

身心障礙者的未來是現代福利社會必須面對的難題之一。《爸爸的超級任務》以細膩幽默的手法描繪了家中有位唐氏症孩子的一家人困境。在屢挫屢起的卑微生命歷程中，重新找到生命方向的不僅是故事中的哥哥而已，爸爸更是重新站起、重拾熟悉的技藝——裝潢與餐飲。全書透過唐哥哥的身心健康的弟弟來敘述，但刻畫最生動的是爸爸。雖然替唐哥哥尋找工作不易，然而故事卻印證了「每個生命都有存在的價值」的說法。故事結尾自然可信，作者敘述流暢，對於內容的掌握也恰到好處。

蘇麗卿（中華民國唐氏症關愛者協會）：

唐氏症兒因基因突變，致身心發展較遲緩，智能均呈障礙。但他們個性平和、模仿力強、可塑性高，我們希望社會大眾能給予接納、關懷和扶持，讓唐氏症者有機會充份發揮潛能，也為社會盡一些責任。

范晉嘉（特殊奧運游泳金牌得主）：

書中的遭遇我也曾經有過，希望大家不要放棄，堅持、努力，走下去！

主要人物介紹

哥哥

李群橋，患有唐氏症，智能不足，即將從特殊學校高中部畢業，接下來就沒書可念了。找工作成為家中的大事。

弟弟

李榆橋，即將國小畢業，頭腦靈活反應快，很能體貼家人心意，和哥哥是哥倆好。對於唐氏症哥哥找工作的事，也付出許多關心和力量。

爸爸

李世明，和「唐太宗」名字同音，常被戲稱「皇帝」。自戒菸後，拿蠶豆酥當替代品。

個性怯懦膽小，不積極，一事無成。以開計程車為職，在家中地位低落。

媽媽

比「皇帝」還要凶悍，是掌實權的女皇帝，家中大大小小的事，都由媽媽定奪。她決定將哥哥找工作的大工程，「發包」給爸爸。職業是醫院看護。

目　錄 Contents

1. 爸爸的難題

今天，媽媽特地讓全家人聚在一起吃晚餐。

媽媽的工作是醫院看護，常整日在醫院裡照顧病人，今天能全家人聚在一起吃飯，相當難得，仔細想一想，我也好幾個星期沒吃到媽媽烹調的晚餐了。

飯菜很香，冒著熱氣，只是沒人開動。

「喂！李世明——」媽媽從廚房忙完，一坐定，就直呼爸爸的「名諱」。

爸爸身體顫了一下，似乎嚇了一跳。

爸爸的名字和歷史上有名的皇帝「唐太宗」名字同音，所以常被人戲稱為「皇帝」。而媽媽每次直呼他名字，就是要找他麻煩了。

「虧你的名字和唐太宗同音，你也應該多學學他，別讓他丟臉啊！」媽媽諷刺的說。

身材瘦削的爸爸，唯一能做的防禦就是低頭駝背，像一隻想躲入龜殼的縮頭烏龜。

唐太宗李世民是位開疆闢土，有著豐功偉業的皇帝，可是越和他相提並論，越顯得爸爸成事不足。

除了爸爸心中忐忑，我和哥哥也杵在一旁，不斷揣測

媽媽今天特意擺了這桌算是豐盛的晚餐，不知所謂何事。

然後，媽媽終於將話題點明了，她說：「群橋下個月就要畢業，他接下來該怎麼安置，你想想吧？」

在媽媽的瞪視下，爸爸不斷囁嚅著，只是他嘴唇不停蠕動，卻聽不見他說了哪些字詞。

媽媽嘆了一聲，逕自說著：「群橋從小到大都由我在那裡操心，現在他要畢業了，就由你幫他找份工作做吧。」

「我……」爸爸不太有自信的小聲回應，但媽媽不理會——

「群橋小時上醫院復健都是我帶去，要語言治療、職能治療、物理治療，這些，你看過嗎？」媽媽說得眉毛揚起。

「每次生病或身體檢查也是我帶去，」媽媽聲音變大了。

「甚至拜託幼稚園園長或校長讓他上學，也是我去跟人家鞠躬道謝的。」聽得出這裡頭有些心酸。

「那他要畢業了，接下來由你來處理他的事，應該不過分吧。」媽媽說得理所當然，爸爸卻像做錯事的小孩，自始至終都低頭不敢看前方冒熱氣的菜和湯。

同一桌頭垂得低低的，還有哥哥。

哥哥患有唐氏症，智能不足的他，六月就要從特殊學校高中部畢業，接下來就沒書可念了。

哥哥知道爸媽在說他的事，他覺得難過，但是坦蕩蕩的媽媽，常認為他應該要勇敢的面對自己的問題，所以今天才刻意要全家人聚在一起，聽她最後的決定。

「你不能什麼事都賴給我啊！」媽媽在數落爸爸。

「一定要想辦法，找個事給他做，不能把他一個人丟在家裡看電視，會越看越退步，知道嗎？」

媽媽右手執筷，左手托碗，像「大姐頭」一樣，將下巴指向爸爸，霸氣的將重責大任交付給對方。

爸爸不敢回應，也不敢點頭或搖頭。

其實不只是哥哥的事，家中大大小小的事，都由媽媽定奪，我們都知道爸爸成不了什麼大事，也常見到他被媽媽數落腦袋不靈光。印象深刻的是，我小時曾拿著美勞作品問爸爸好不好看，他竟也說：「問你媽媽去。」

只是今天這件大工程，媽媽決定「發包」給爸爸，可能是她照顧哥哥十幾年，累了，也可能是她故意要考驗爸爸。

on/off

不過坐在媽媽旁邊的爸爸仍是駝著背，縮著身子，像在閃躲什麼似的，眼睛一直不敢直視媽媽。

「你就振作一點好不好？」媽媽又大聲念著：「幫兒子找工作，又不是什麼見不得人的事，幹嘛這樣閃閃躲躲？」

媽媽劈哩啪啦的，比她眼前的「皇帝」還要凶悍，我們都很清楚，媽媽才是家中的女皇帝。

實在逼不得已，爸爸只好畏畏縮縮的低聲說：「好……好……」

終於逼得爸爸答應。媽媽嘆了口氣後，要大家開動、吃飯。

這頓由媽媽烹調的晚餐，我吃得最無牽無掛，難得吃到媽媽煮的飯菜，我自是珍惜而感動的大口大口吞入肚。哥哥雖然有些難過，但媽媽夾給他一支炸雞腿後，他也眉開眼笑，唏哩呼嚕的大啃起來。

而真正陷入愁雲慘霧中的，只剩爸爸一人。他小口小口的扒飯，

眉頭深鎖，像在吃耶穌的最後晚餐。

媽媽不管他，她說起最近在醫院聽到的鬼故事，把我和哥哥嚇得哇哇叫。

即將高中畢業的哥哥，叫得最是激動，他故意「啊——」的喊叫著，喊到最後，卻笑出來。

我是真的被嚇著，哥哥則配合我在「演出」。哥哥根本就不怕鬼，媽媽說好像腦袋不好的人，都不知道要怕鬼，所以我小時候半夜要上廁所，都是拉著哥哥作陪。

用完飯，媽媽到廚房裡洗碗，她還哼著歌。

平常都由我或哥哥洗碗，尤其是哥

哥，比我還常被指派清理家裡，比如掃地、拖地、丟垃圾的。不過我們不是在「虐待」他，而是要多訓練他，這是我們全家「愛」他的方式，哥哥也很樂意有事可做。

但媽媽似乎現在心情不錯，她竟想動手洗碗。

她將我們推出廚房後，配著水聲，哼起歌來。

我和哥哥於是到客廳看電視。小小客廳的一角，一處昏暗快接收不到任何光亮的地方，有一個「怨靈」窩在那裡。

那是爸爸。

我和哥哥識趣的離他遠遠的，爸爸的周身似乎圍繞了一層怨氣，即使腦袋不好如哥哥，都可以輕易感受出那裡的磁場不佳。

爸爸佝僂著瘦弱的身子，「喀啦、喀啦」的咬著可樂果蠶豆酥。他自去年戒菸後，就拿蠶豆酥當替代品，只要覺得煩躁，或菸癮來，就會不斷往嘴裡塞蠶豆酥。

為什麼選蠶豆酥？

爸爸說：「可樂果蠶豆酥口味重，又有小時候懷念的味道，所以選它最好。」

只是在醫院當看護的媽媽，繼檳榔、香菸之後，又不滿意爸爸的新嗜好。她說：「蠶豆酥太鹹，不適合你爸爸，他戒完菸後，接下來的任務就是要『戒蠶豆酥』。」

不過現在爸爸全身上下都充滿了怨念，我和哥哥暫時都不想去勸阻他別吃了。

電視的歌唱比賽節目還蠻好看的，我們一面看電視、聽唱歌，一面聽爸爸悶悶不樂的咬著蠶豆酥。

要為哥哥找一份工作，其實不太容易，連像我這樣的小孩子，都知道經濟不景氣，工作不易找。而要為哥哥這樣的「特殊人士」求得適當的職業，更是難上加難。

看爸爸大把大把的將蠶豆酥塞入口中，能將蠶豆酥吃得那麼「凶」，我們都能知道爸爸的壓力大了。

半年前浴室裡的馬桶水箱漏水，我們等了一個月，直到媽媽吼著威脅要把水箱打破後，爸爸才慢半拍的請人將它修好。

這一次，這個大難題，不知爸爸哪時才能將它解決。我們，也只能拭目以待。

2. 畢業

日子過得很快，一晃眼，就已六月中旬，哥哥和我的畢業典禮到了。在這之前，爸爸沒任何動靜，也沒任何好消息傳來。

我的畢業典禮先舉行，哥哥的隔一週後再舉辦。

媽媽對我說：「很抱歉，沒辦法參加你的小學畢業典禮，等你大學畢業時，媽媽一定參加。」

「沒關係！」我摸著頭說：「反正我明天只是去領個全勤獎而已，那個獎，不重要啦。」我知道爸媽都忙著工作，他們努力工作，我才有學費、生活費讀書過日子。不過我心裡暗自打算，以後要更努力，等能領到更重要的獎項時，再風光的請爸媽參加。

至於哥哥的畢業典禮，媽媽卻在前一晚，告知我和爸爸明早一同參加。

「為什麼？」爸爸小聲的問。

「沒為什麼，這是群橋最後一次畢業典禮，他也不可能再去讀大學，如果明天不參加，以後就沒得參加了。」

我正想獻計，告知媽媽我們老師曾說，大學指考只要七、八分，就有機會選上大學。

這樣的分數，別說是我，即使是像哥哥這樣智能不足的人，閉著眼睛將答案卡亂填一通，也有機會瞎矇上大學。

只是這時媽媽抿著嘴看著爸爸，我於是隱忍住。

她應該是想問爸爸，哥哥的事情處理得怎麼樣了吧？不過她始終忍住沒開口。

第二天，我們坐爸爸的計程車到哥哥的學校。

古代的李世民，是個文治武功皆有功績的偉大皇帝，現在的李世明，以開計程車為業，是個平凡的小老百姓。

見到在路上有人對著車子招手，爸爸「唉」的一聲，像在自言自語的說：「這半天的時間，應該可以載到幾個客人，賺個幾百塊呢！」

說完，一顆可樂果順勢塞入口中，嘴巴「喀啦、喀啦」的一張一合。

我偷瞧媽媽，她正看窗外，若有所思。

車子在校園停好之後，我們一同步入禮堂。

哥哥的學校是「國立」的，而且是中學，禮堂果然比我們市立國小的新穎、氣派，而來賓看起來也比我們國小更「貴氣」、「豪華」。

說「貴氣」、「豪華」是有原因的，像我最熟悉的重要人物——本市市長，現在就出現在台上。他之前只派副市長到我們學校頒發市長獎，現在卻喜孜孜的站在台上，幫忙頒發「熱心服務獎」。

「熱心服務獎」？聽到司儀報出這個獎項，我鼻孔噴氣，嗤之以鼻，同樣身為畢業生，這個獎我聽了就知道其價值低微。只是市長仍笑呵呵的，像個慷慨的聖誕老公公，不斷把獎品、獎狀塞到一些其貌不揚，或行動不便的畢業生手上，然後還用力的跟對方握手。

市長開心過度，而且舉止過於誇張，我開始有些懷疑，這個前額

已禿，腦袋不斷反射禮堂投射燈金光的市長，會不會也是這所特殊學校的畢業生。

「真好！真好！」媽媽在位子上不斷用力拍手，為哥哥拍手，也為其他的畢業生拍手。

其他家長也是熱烈鼓掌，有人抱一大束花衝到台上獻花，也有人拿相機、攝影機不斷搶鏡頭，還有好多人泛著淚光抱著孩子，總之，台上台下一片溫馨。

不過有一人似乎一直未能進入情境。

「有點無聊呢……」

爸爸又在小聲嘀咕著，他左手撈撈，神乎其技

的從褲袋裡抓出一顆可樂果吃。

我記得那條褲子他已穿過好幾天，大腿處還沾了油漬，那些可樂果的新鮮度讓人懷疑。

「要不要？」爸爸縮著脖子、駝著背，偷偷問我。

我趕緊搖頭，不想染上「惡習」。

「喂，李世明，給我坐端正！」媽媽實在受不了了，她厲聲問：「明天群橋就不用上學，有沒有想出好辦法來？」

一聽媽媽問，爸爸馬上挺起身子，雖然背脊還是彎的，但算端莊多了。

看爸爸戒慎恐懼的樣子，就知道他一定還沒辦妥正事，不過媽媽點到為止，不繼續追究。她算是提醒了一下爸爸後，又回頭為台上的學生鼓掌。

畢業典禮結束，哥哥自此之後都不用再讀書，他變成「失業人口」了。

第二天一早，媽媽到醫院上班，過沒多久，爸爸也打算出去做生意。只是臨出門前，卻不住的叮嚀我：「別讓哥哥看太多電視。」

他不安的說好些次，才惴惴不安的出門去。

哥哥畢業了，爸爸壓力更大了，一個多月後，我就要上國中，到時如果哥哥的工作還沒安排好的話，他就只能一個人在家裡看電視。讓哥哥一個人整日待在家裡，爸爸放心嗎？

3. 住院

不過今天電視才看沒多久，就聽到門外的煞車聲，及倉促的腳步聲。

是爸爸回來了，而且神色倉皇。

「你們怎麼還在看電視？」爸爸一進門，眉頭一皺，埋怨的看著我。

「才剛看而已……」我心虛的說。

「哪裡才剛看，我早上出門時你們就已經開電視，到現在已經兩個鐘頭。怎麼可以看那麼久的電視？」

我迴避爸爸的目光，好奇的問他：「你回來做什麼？」

「媽媽住院了！」爸爸走進房裡，他正在翻箱倒櫃。

「住院！」我和哥哥不約而同的喊出聲。

「對，住院，我剛剛在醫院陪她，醫生說她盲腸炎，要開刀。」

「那……那有沒有怎麼樣？」我著急的問。

「應該沒什麼大問題，我回來拿一些衣物和生活用品，她要在醫院住幾天，要不要跟去看？」

「要！」我和哥哥喊著。

媽媽住的醫院，就是她工作的醫院。今天她上班後沒多久，腹部就開始發疼，請病房的醫師診察一下，說是急性盲腸炎，要趕緊開刀，割除盲腸。

在醫院見到媽媽，她還笑咪咪的，因為這裡全是她熟識的看護及護士，根本不需驚慌。

媽媽勉強與我們說了幾句笑話後，就被送入手術室。

「怎麼辦？媽媽會不會怎麼樣？」我們三人被擋在手術室外，第一次遇到親人開刀，我還是覺得無助。

「能怎麼辦？」爸爸皺著眉頭，比我更像無頭蒼蠅般不知所措。

「唉啊，那沒什麼啦，又不是什麼大不了的病。」一位媽媽的同事，好心的陪我們，她大著嗓門說：「開這樣的刀，最多一個星期就可以出院了。」

那位阿姨一面翻看報紙，一面安慰我們，好像動這種手術的精采度，還比不上報上的明星新聞。

爸爸不敢與她回應，駝著背，憂心忡忡與我對看。

幾十分鐘後，一位護士出來要我們一位親屬進去。

「幹嘛？」爸爸問。

「醫生要你們看割下來的盲腸。」護士一副理所當然的樣子。

「什麼，割下來的盲腸？」爸爸不由自主退了兩步，胸口還不斷起伏，好像快吐了。

「榆橋，你去看！」爸爸找了個替死鬼，要我去。

「爸！」我呼喊著，心想爸爸怎麼狠心，要一位未成年少年看那種東西。不是有個諺語，叫作「虎毒不食子」的嗎？

見我不敢，爸爸一急，又說：「那群橋你去！」

沒想到哥哥一口就答應：「好！」而且聲音清脆有力。

「你們有沒有搞錯？」護士瞪著哥哥。唐氏症患者的面貌異於常人，很容易判斷，從哥哥的臉蛋及行為舉止，她應該很清楚知道哥哥的問題。

「沒錯，沒錯！」爸爸一臉不好意思的將哥哥推入門。

幾分鐘後，哥哥笑嘻嘻，憨樣憨樣的走出手術室的自動門。

「怎麼樣，怎麼樣？有沒有看到什麼？」爸爸焦急的問。

說話有些口齒不清，有點「臭乳呆」的哥哥，得意的說：「醫生說我很勇敢，然後說你很膽小。」

「那不重要啦。」爸爸有些不自在的說。

「媽媽怎麼樣了？」爸爸又問。

「醫生說沒問題，很快就可以出院了。」

聽完，爸爸算是放心。而我好奇的問哥哥看到了什麼。

「就盲腸啊，」他嫌我明知故問。

「紅紅的，短短的，」哥哥很認真的描述：「啊，想到了，就像扁掉的小香腸一樣。」

一股莫名的嘔心感從胸口湧起，我想我這一陣子可能吃不下任何大小香腸了。

手術後的媽媽很快被送回病房休息，當天由爸爸在病房照顧媽媽，我們家付不出請看護的費用，因為一天就要二千四百元。

第二天，一夜未曾好眠的爸爸，要哥哥幫忙到醫院照顧媽媽。

「好！」哥哥毫不猶豫的馬上答應。

醫院的護士將昨日手術室外的小狀況告訴媽媽。這間醫院規模蠻大的，可是小道消息也傳得蠻快的，爸爸的糗樣，以及傻哥哥「代父出征」的消息，很快傳遍醫院各處。

這讓臥病在床上的媽媽有了個念頭，於是她「欽點」哥哥來幫

忙。媽媽除稱讚哥哥勇敢外，也想在醫院訓練他如何照顧病人。

「勇敢是勇敢啦，」爸爸酸溜溜的對我說：「可是訓練他幹嘛？誰會請像群橋那樣的人當看護啊？」

我不置可否的聳聳肩，心裡想，說不定經媽媽訓練後，哥哥真能在醫院找到他合適的工作也說不定呢！

結果媽媽打的如意算盤，很快被哥哥「破盤」了。

第二天一早，媽媽電召爸爸，速速將哥哥送回家。

「你看，根本派不上用場吧！」見到媽媽的計畫失敗，爸爸反倒有點幸災樂禍。

我問哥哥在醫院發生了什麼事？

「媽媽要我幫她倒尿盆，我不要。」哥哥委屈的說。

「倒尿就倒尿，又不會怎麼樣？」爸爸說。

「我才不要，」哥哥氣嘟嘟的說：「媽媽還要我幫忙別人清便盆，真是太過份了。」

「你不知道，媽媽就是在醫院做這種工作的嗎？」爸爸說。

「我才不要。」哥哥又特意強調：「清大便，我不要！」

聽說昨日個性豪爽的媽媽，和執拗的哥哥在病房吵了一頓，最後，哥哥被趕了回來。

哥哥從小就很拗，只要他不願意，好說歹說全都沒用，他和心直口快的媽媽偶有衝突，我們都已習慣。

接下來的幾天，都由爸爸照護媽媽。

我們兄弟兩個在家看了一個星期的電視，爸爸說因為媽媽住院，而他又沒法做生意，所以我們家一個星期沒有收入。

一星期沒收入，對我們家來說，是件很嚴重的事。

4. 隨車小弟

媽媽出院後，開始逼迫爸爸快給哥哥找個工作做。

「你不是開計程車的？不是人面很熟？快給群橋找個工作做啊。」

爸爸左思右想，可樂果不知吞了幾十個後，想出一個「兩全其美」的辦法。

「群橋白天跟我一起出門做生意，我和他再邊看邊想，看有什麼好工作可以做。」爸爸不敢得意，有點像是想博得媽媽同情似的，小心翼翼的說出他的想法。

「爛透了的主意！」媽媽毫不猶豫的念著：「有群橋在車裡，還召得到客人嗎？還有，油錢那麼貴，多一人在車裡，不是要耗費更多的汽油？」

不過媽媽終究還是同意了爸爸的方法，因為可以避免哥哥整日待在家裡，無事可做的窘境。至於我，爸媽就不太管我了，我會自己打點自己。

為了讓哥哥隨車時能「人盡其材」，爸爸還突發奇想的要哥哥幫客人上下車時開車門，並要恭敬的喊「歡迎搭乘」。

「不好！」我說，我覺得這主意怪怪的，這種太過殷勤的服務態度就好像——

「就好像搭乘飛機一樣，讓客人有賓至

如歸的感覺。」爸爸一面咬可樂果，一面不住的抖腿說。能想出這鬼點子，他可得意了。

「哼！」媽媽又批評：「無聊！」

隨車的第一天，爸爸跟我們說了好多趣事。

「有客人一看到群橋開車門，竟楞在路邊，不知道要怎麼辦。」

爸爸難得的發出愉悅的笑聲。

「還有一位老阿伯一看到群橋下車，馬上嚇得拔腿就跑。」這下爸爸笑得更誇張，「原本走路慢吞吞的老阿伯，跑起路來竟像飛的一樣，哈哈哈！真好笑！」

爸爸笑得眼淚迸出來，哥哥也在一旁賊賊的笑著。

「還有一位客人，因為群橋服務好，多給五十元小費。」哥哥馬上得意現出他得到的五十銅板，父子倆臉上全是驕傲的神色。

爸爸和哥哥兩人在車上一搭一唱，日子過得極其快活，只是前途看似一片光明，但過了一個多禮拜，問題來了。

有一天，爸爸和哥哥提早回家。通常他們都在晚上七點左右，提著便當回家與我共進晚飯，但今天特別早，不到五點就回來，而且兩人臉色難看，像發生了什麼慘事。

「倒楣，」爸爸先縮在客廳角落的老位子，對著桌面輕嘆一聲後，不停念著：「倒楣，倒楣，真倒楣……」

哥哥也坐在爸爸的旁邊，一同陪爸爸吃蠶豆酥，頗有同是天涯淪落人，患難與共的感覺。

「是發生了什麼事？」媽媽下午沒上班，她先探頭看看門前的車子無恙後，才幸災樂禍的說：「踩到了一堆狗大便嗎？」

我們住的這一條巷子有很多人養狗，他們都很沒水準的讓家裡的

狗隨地大小便。

「不好笑，」爸爸苦著臉說：「我們今天下午被警車追。」

「被兩台警車追……」哥哥也在一旁附和。

「啊？被警察追？」媽媽故意大驚小怪的說：「是你們一老一傻，開計程車搶銀樓嗎？」

「沒有……」爸爸呆了幾秒鐘，問我和媽媽：「我和群橋看起來像壞人嗎？」

「……」我和媽媽不回應，讓爸爸繼續說下去。

「真想不通，」爸爸苦惱的念著：「有好多客人一看到群橋在車上，就不敢坐車，尤其是女乘客，一看到我們在車裡，馬上衝回騎樓下，不敢來搭車。」

「當然啦，」媽媽一針見血的說：「有兩個人坐在車上，這樣的計程車誰敢坐？免錢要我坐，我都不敢坐。」

「可是我們又不是壞人。」爸爸低頭沉吟著。

「你有看過壞人頭上刺著『我是壞人』四個字的嗎？」媽媽沒好氣的說：「客人又沒法分清你們是好人還是壞人，所以乾脆不坐。市區的計程車那麼多，又不是非你那部不坐。」

「嗯，有道理……」爸爸低聲說。

「之前就提醒過你了。」媽媽手插腰，盛氣凌人。

然後爸爸開始說起他們下午的遭遇。

「今天我們在中正路看到一位小姐招手要搭車。」

「是我先看到的。」哥哥搶話。

「剛好對面也有一部計程車想做這生意，於是我加快油門，趕緊衝到這位小姐的身旁。」

「爸爸還叫我快下車幫小姐開門。」哥哥用他特有的「臭乳呆」腔調說話。

「我和群橋都坐前座，群橋一下車，一開後門，就看到那位小姐嚇得連退好幾步，一臉驚慌的樣子。」

「我還很有禮貌的說『歡迎搭乘』呢。」哥哥補充說明。

「沒有，」爸爸糾正他：「才講了兩個字——『歡迎』，那位小姐就開始尖叫，還從皮包拿出『防狼噴霧』，對著群橋噴了兩下，然後快逃到騎樓的服飾店裡了。」

「群橋，」媽媽關心的問：「你有沒有怎樣？」

「沒有，」哥哥搖搖頭說：「她隨便亂噴，只噴到我的肚子，她真的很沒禮貌。」

「我本來想下車解釋，不過看到那位小姐在店裡哭了，一旁還有兩三個店員安慰她，想一想，就算了。」

「爸爸就叫我快上車。」哥哥兩手一攤，做出無奈的樣子。

哥哥從小就愛現，因為口語表達能力不好，有時他演的比說的還要精采。

「只是沒想到往前開了沒多久，」爸爸垂頭喪氣的說：「可能還不到兩分鐘，在停紅燈時，突然聽到警笛聲，以及煞車聲，然後一輛警車衝過來擋在我們面前，我正想伸頭出去看，後面又來一輛把我包夾住。」

「接著就有好多的警察把我們包圍住。」哥哥也在一旁比手畫腳、加油添醋。

「每個下車的警察都掏出槍，要我們不要動。」爸爸說。

「他們都大吼大叫，都很大聲說話，我都快嚇死了。」哥哥害怕的說。

「警察問了幾句話後，就把我們帶到警察局。」爸爸說。

「我們是坐警車過去的。」哥哥說：「有好多人站在馬路邊看我們。」

「丟臉……丟臉……」爸爸不住的說。

「然後呢？」媽媽聽得快笑出來了，我是有點懊悔沒跟得上這場熱鬧。最近整日都待在家裡，為了省錢不開冷氣，整個人都快悶熟、

悶壞了。

「去了警察局才知道，警察會來抓我們，就是剛剛服飾店裡的人報案。我一直在警察局裡跟他們解釋，說我們不是壞人，說群橋會在車上，實在是不得已，他們也查了好久，發現我們沒做壞事，才放我們走。」

「走的時候，警察叔叔還送我一罐麥香紅茶喝。」哥哥說。

媽媽聽了笑嘻嘻的，像聽了一則精采的故事。

「你還是快幫群橋找工作比較要緊。」媽媽說。

「還有，很多客人不敢坐你的車，這一個禮拜是不是收入減少

了？」媽媽又問。

爸爸不敢點頭也不敢搖頭。

「那你就別再做這些有的沒有的事了。」媽媽打著哈欠，她最近努力工作，連著好幾天都在醫院當二十四小時的看護，她想快點彌補開刀住院時的損失。

爸爸低頭坐著不說話，佝僂又晦暗的模樣，像極了一尊被棄置在黑暗角落，沒人要的破舊雕像。他沉默了許久，我調頭離開時，才又聽到「咔啦……咔啦……」的蠶豆酥咬聲響起，那聲音沉緩又落寞的。

5. 洗車

第二天一早，爸爸如往常一樣，出門做生意前，先和哥哥在家門口洗車、擦車。

車子是爸爸的生財工具，將它整理得光鮮亮麗是必要的，這工作對我來說有些吃力，所以我常是倚著門邊，用嘴巴告訴他們哪裡還不乾淨。

看著哥哥俐落的擦著車子，爸爸突然福至心靈，他倏的站直身子，食指指天，腳踏實地，興奮的大叫一聲——「有了！」

難得見到爸爸這般抬頭挺胸，頂天立地的模樣，我和哥哥都看傻

了。

原本以為爸爸壓力太大，精神錯亂，後來一聽他說明，才知他又想出一個可以安頓哥哥的好點子。

「群橋，你洗車、擦車的技術真的很棒！」爸爸先喜孜孜的說。

哥哥洗車技術好。大家早已知道。從國中開始，特教班老師就帶著特教班的學生磨練洗車技巧，他們學校實習教室裡還有一部報廢的車子供他們練習，因為步驟固定，只要勤練個幾十回，幾乎每個人都能達到專業的水準。

「當然棒，我們還曾替校長洗車耶！」哥哥得意的說。

這件事他已傳頌好幾次，而為了感謝特教班學生的服務，他們的校長還特地在朝會時，當著全校師生的面，頒了一個大紅包給

特教班。

「那太好了，那太好了！」爸爸興奮的說著，一面從褲子口袋挖出蠶豆酥「喀啦、喀啦」的咬著，一面不住的點頭說好，我和哥哥都不知他在興奮個什麼勁。

「爸，你蠶豆酥吃太多了，小心被媽媽罵。」哥哥提醒他說。

爸爸充耳不聞，他滿臉堆笑，開心得有點誇張，就像麥當勞叔叔的笑嘴一樣，讓人一看，就敬而遠之。

哥哥和我對視，我伸手用食指指著自己腦袋，意思是爸爸有點「秀逗」了。

當天出門後，爸爸就帶著哥哥實行他的新計畫。

他先到「車行」去，跟車行的老闆商量。

「車行」就像計程車司機的公司，爸爸買了一輛車子後，必須加入車行繳納一些「行費」，才可以開車上路做生意。而車行提供給司機們的，除了在車行裡闢出一個小空間，擺幾張破沙發、破椅子，以及一台舊電視讓司機們觀看、休息外，最大的福利就是提供幾管水龍頭，讓司機免費自助沖洗車子。

而爸爸打的主意就是那幾管水龍頭。

爸爸帶哥哥與車行老闆見面、說明後，車行老闆很大方的答應爸爸的請求，讓哥哥利用那裡的水源幫司機們洗車、賺錢——原來這就是爸爸早上洗車時，所想出的絕妙點子。

「這是我認識老闆之後，他唯一做過的好事。」爸爸回來後這樣形容老闆。

接著爸爸又帶哥哥到大賣場，買了一些哥哥合用的洗車工具、車蠟及清潔劑。

然後，一塊由舊瓦楞板製成的廣告板，在哥哥、爸爸兩人賊賊的竊笑聲中完成了。

「你看！」爸爸坐在他客廳的老位置上，指著廣告板說：「人工洗車，一次一百元，便宜吧！」

我聳聳肩，不置可否，洗一次車要多少錢我沒概念。

「外頭人工洗車要四、五百元，我們群橋洗車一次只要一百元，雖然設備沒外面那麼齊全，但我們有的是專業及熱忱。」

爸爸今天一改平日畏畏縮縮的模樣，廣告詞說得順溜、不結巴，就好像親自試了一套汽車美容，整個人脫胎換骨、容光煥發。

第二天，爸爸、哥哥到車行「開張」，我跟著去是想看熱鬧。說開張是太正式了點，我們既沒燒香祭天，也沒人致贈花籃匾額，唯一的儀式，就是將手寫的廣告板用鐵絲掛在遮雨篷下。

「有沒有搞錯，洗一次車要一百塊？」一位嘴叼菸，臉上滿是鬍渣的司機，指著廣告牌說。

「對啊，那麼貴，我來幫你洗，你給我一百塊好不好？」另一位司機則敲敲廣告板，諷刺的說。

「一次一百塊，不划算，說不定還會刮傷車子，還不如自己洗。」

「對啊，對啊。」

幾位閒來無事的司機，對一塊破紙板，像窮極無聊的電視名嘴，哇啦哇啦的你一句我一句的不斷延伸話題。

「那，那價錢要多少才划算？」爸爸有些慌張，他急急的問那些司機。

「五十塊還差不多。」一位司機說。

「什麼五十塊，三十塊才對。」另一位則說。

「好啦，好啦，別吵了，今天第一天開幕，應該免費為大家服務，你們說對不對？」嘴叼菸的司機，將自己當成闊氣的老闆，擅作主張的說。

「對啦，對啦……」一聽免錢，每個人都笑開了嘴，不停的附和。

賊忒兮兮的笑浪四面湧來，爸爸挺著單薄、佝僂的身軀，在狂風

巨浪中力挽狂瀾。

「那，那為了慶祝第一天開幕……」爸爸奮力的喊出今天的折扣價，「今天洗車只要五十元……」

「什麼五十元，沒誠意，免錢啦——」

「對啦，對啦，免錢啦——」

「不能免錢，」爸爸頂上汗流成河，他扯著喉嚨，在被眾人聲浪淹沒前，用盡氣力的喊著：「慶祝開工，洗車五十元，改天就恢復原價一百，不能免錢，總要給一點工錢吧……」

「沒意思，算了！」一位司機先走開。

「對啊，時機不好，還要那麼貴，算了。」幾位愛捉弄人的司機見玩不下去，一鬨而散。

不過經剛剛那麼一攪和，一位司機倒是被吸引了過來。

手工洗車
TAXI
50

「人工洗車，真的只要五十元？」他問。

「當然，當然，不過只有這幾天，要不要試試，要不要試試？」爸爸神經質的不斷跟對方強調改天就會調回一百元。

「是你老大要來洗？」他看哥哥穿著舊衣舊褲，呆呆的站在一旁，狐疑的問。

「沒錯，沒錯，他在學校有受過訓練，我的車就是他洗的。你看，亮晶晶的，跟外面洗車沒兩樣吧。」爸爸剛剛特意把車子停在路邊，當成活廣告。

「嗯，是很不錯，」那位司機又考慮了一會兒，最後終於說：「那就幫我洗洗看吧。」

爸爸和哥哥一聽，像得了什麼天大賞賜，他們恭敬的回應，嘴裡不停的說「好、好、好」，然後七手八腳的將工具抬到一旁，開始幹活。

一開始爸爸稍稍提醒哥哥該留意什麼地方，到最後就完全放手讓哥哥去處理。

哥哥先用水柱將整部車沖乾淨，然後再噴上泡沫覆蓋車身，接著從引擎蓋、車窗到車頂、保險桿，每一處無不擦洗乾淨，連沾有油污的鋼圈，也將它洗得光可鑑人。

因為是第一次，哥哥花了三十餘分鐘，最後交車時，整部車煥然一新，在太陽光照耀下，閃閃發亮。有了這樣好成績，爸爸可得意了。

「怎麼樣，還可以吧。」爸爸嘴裡嚼著蠶豆酥，戰戰兢兢的說。

「嗯……是還不錯啦。」對方彎腰低頭查看後，終於肯定哥哥的功力。

「我們只清潔車身，再上一點車蠟，車裡面就不處理了。」爸爸解釋說。

「沒關係。」那位司機從口袋掏出一個硬幣，一個嶄新的五十元，黃澄澄的，像一枚金幣。

哥哥將五十元收過來，喜孜孜的將硬幣捏在兩指尖，對著我和爸爸炫耀著。

剛剛那幾位冷嘲熱諷的司機又圍了過來。

「咦，看起來還不錯呢。」一位司機說。

「喂，真的只要五十元？」另一位問。

「沒錯，今天只要五十元，改天就要調回原價一百元。」爸爸趕忙說。

「好，那幫我洗一下。」有人先發難。

「他洗完，就換我的。」

「那我也要。」

大家你一言我一語的搶著排隊洗車，爸爸和哥哥站在一起傻笑，他們的笑容雖然有一點憨憨的，但卻像今天的陽光一樣，燦爛又明亮，感覺充滿了希望與活力。

6. 賭錢

第一天、第二天爸爸都在車行陪哥哥洗車，生意算不錯，第二天洗了四部車，賺進兩百元。

對哥哥這種條件的人來說，兩百元的收入，媽媽還算可以接受。

「有人一天賺不到兩百元呢，」媽媽說：「外面撿垃圾，做資源回收的，有時連一天兩百元都賺不到。」

不過媽媽有一點擔心：「群橋每天都把衣褲弄得濕漉漉的，不怕感冒啊。」

爸爸不知如何回應，只得露牙傻笑。我發現爸爸最近和哥哥互動

密切，表情動作越來越像哥哥了。

「不會很濕啦。」哥哥提出解決方案，「只要有空，我就站在太陽底下曬乾。」

「又不是狗，在太陽底下曬。」媽媽說：「以後盡量不要弄濕衣褲，等冬天來會很冷的。」

「會啦、會啦！」爸爸和哥哥同時點頭答應，兩人越來越有默契。

「還有，」媽媽又問：「一天才洗四部車，那群橋其他時間都在幹嘛？」

「……」爸爸又露齒傻笑。

哥哥很自動的說：「那裡有椅子、有電視，我就坐在那裡看電視、看路人。」

「會不會很無聊？」媽媽問。

「還好啦，有時會有一些司機叔叔跟我聊天。」

「那要多注意自己安全，不要隨便亂跑喔。」媽媽雖是對哥哥交代，卻是瞅著爸爸。

「我，我會多注意的，」爸爸有點慌張的說：「我中午會想辦法過去和他吃飯，每天傍晚就帶他回家，車行裡的休息區雖然破舊，但應該還算安全。」

「群橋，在外面工作，就要知道如何照顧自己，爸爸媽媽沒辦法整天在你身邊，有危險的事千萬不要做。」

媽媽語重心長的說，哥哥配合著不停點頭，爸爸則咬著可樂果蠶豆酥，嘴巴小聲念著：「出社會就是這樣，都要靠自己，都要靠自己的……」

接下來幾天，只要遇見熟識司機，爸爸都會為哥哥打廣告，請那些司機多捧場。

不過如果是其他車行的來洗車，車行老闆要從五十元裡抽成十元。

「老闆說水費是他付的，他只免費服務他車行裡的司機。」爸爸忿忿不平的說：「真是有夠小氣，外面的人要來洗車，還要群橋付他十元水費，真是的，從沒見過那麼小氣的人。」

或許是「薄利多銷」，接下來幾天，哥哥或多或少都能有一些收入，有時一天五十，有時一天三四百元，可是有一天，竟然沒任何收入。

「群橋今天被人騙了。」六點多回到家，爸爸憂心忡忡的對我說。

「被人騙！」我驚呼出來。

「噓……」爸爸小小聲，畏畏縮縮的說：「先不要跟你媽講。」

「不要跟媽媽講……」我猶豫了一下，然後「嗯」的趕緊點頭。

有種父子聯手詐騙的犯罪快感，悄悄湧上我心頭。

「群橋今天洗了三部車。」爸爸聲音小小的。

媽媽今天待在醫院，可是爸爸的眼珠還是緊張兮兮的咕嚕亂轉，他深怕家裡的舊椅子、舊桌子都是媽媽的奸細。

「那應該有一百五十元啊。」我也配合的小聲說。

「今天有幾個司機跟群橋玩牌。」爸爸說。

「玩牌？」我歪了一下頭，說：「然後呢？」

「群橋說，原本是邀他一起玩象棋，可是他不會，於是就玩十點半。」

十點半是我們教會哥哥的，要哥哥玩二十一點難了一些，因為等他心算完牌面上的數字，我們都可以吃完一頓飯，十點半就適合多了，我們過年時都是這樣玩。

玩牌？應該沒問題吧，我心裡想，只是用來殺時間而已。

「然後他們開始賭錢。」

「賭錢！」我心裡覺得不妙。

「對，輸一次十元，最後群橋把今天的一百五十元都輸光光。」

聽到我們談到賭錢，哥哥湊過來，理所當然的對我喊了一句：

「願賭服輸！」

爸爸嘆了口氣，從褲袋裡撈出半袋的蠶豆酥遞給我，我連忙推開不要。

「那些叔叔好厲害，」哥哥又說：「我都贏不了他們，有一位叔叔跟我說『願賭服輸』——賭輸了就要賠錢，所以我把今天賺的錢都給他們了。」

「你輸了幾次？」我問。

「不知道，」哥哥爽快的說：「有一位叔叔在算，我有時贏，有時候輸，輸一次賠十塊錢。」

「還有更慘的，有一個司機想借錢給群橋……」爸爸說。

「對，因為我沒錢可以玩了。」哥哥說。

「那你有沒有跟他借？」我急忙問。

「沒有！」哥哥得意的說：「因為媽媽說過，不可以跟別人借錢。」

「那就好，」我鬆了口氣，說：「爸，你要跟哥哥講，以後都不可以再賭錢。」

「有、有、有，」爸爸忙不迭的說：「回家的路上我有跟他講，以後只有過年時，才可以在家裡賭錢。」

「還有，」我補充：「爸，你也要跟那些司機說，不可以找哥哥賭錢啊。」

「有啦，有啦……」爸爸頭低下，聲音變小了，「我有稍稍跟他

們講啦……」

看爸爸支支吾吾的樣子，想必講了也沒什麼效果，說不定——想到第一天開工的情況，爸爸還當場被他們奚落、訕笑呢！

「唉……」連我也莫名的嘆了口氣。

我從爸爸的手中撿了顆蠶豆酥吃。我最近因為無聊，跟同學借了幾本武俠小說來看——果然江湖是凶險的，像哥哥這樣的人，才在其中行走沒幾天，就被人「吃」了，而且是連皮帶骨，剝得一乾二淨。雖然他是弱勢族群，但沒人同情他、幫忙他。

第二天哥哥照常上工。出門前，爸爸不斷叮嚀不可以再玩牌，哥哥認真的點頭說好。接下來幾天，收入又正常，有時一百，有時

五十，哥哥每天全數帶回。

可是幾天後的傍晚時分，爸爸卻氣沖沖的帶哥哥回家，他把所有洗車工具載回，扔在家門口處，連那塊「人工洗車一百元」，然後「一百元」槓去，改寫成「五十元」的廣告牌也丟在那兒。

爸爸雖瘦雖小，但真正生起氣來，也頗有氣勢，我從未見過他如此。

「不幹了！」爸爸氣得直跳腳，哥哥眼眶紅紅的跟在他後面，手上還抓了一包可樂果蠶豆酥。

「怎樣了？」我問哥哥。

「他被我罵。」爸爸說。

「為什麼？」我問。

「因為他又抽菸又吃檳榔。我菸都戒了，他卻

在那學抽菸、學吃檳榔。」爸爸對著呆在一旁的哥哥喊：「還不趕快吃蠶豆酥戒菸。」

「抽菸！吃檳榔！」我驚訝的瞪著哥哥，在媽媽強力制止下，做這兩件事在我們家如同殺人放火般的嚴重。

「……」哥哥趕緊塞了一把蠶豆酥到嘴裡。

「今天傍晚我想提早載他回家，卻看到他坐在車行的沙發上抽菸！」爸爸氣呼呼的說。

「是叔叔請我抽的，」哥哥鼓著腮幫子說：「那菸的味道不好，會嗆人。」

「味道不好還抽，」爸爸對著我說：「我要他馬上上車，結果還叼著那根菸坐到車裡。」

「他們說一根菸要三、四塊錢，很貴，要我把它抽完。」

「真是傻瓜！」爸爸用力搖頭說：「那檳榔好不好吃？」

「還可以啦，吃起來有點頭昏。」哥哥舔舔嘴唇，我見他嘴角還有些紅漬。

「什麼還可以，吃多了會生病，沒聽你媽說過嗎？」

「可是……」哥哥有些委屈的樣子，「可是那些叔叔說，如果不跟他們一起抽菸、吃檳榔，以後就不讓我洗他們的車子了。」

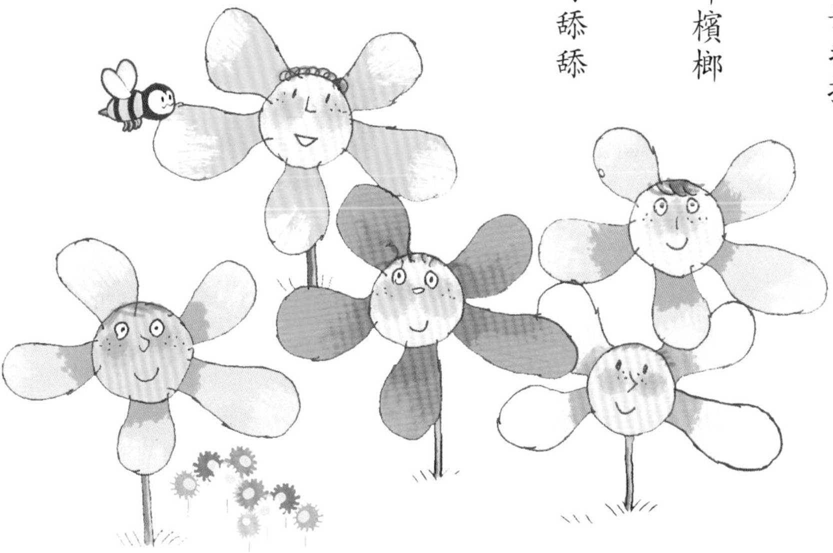

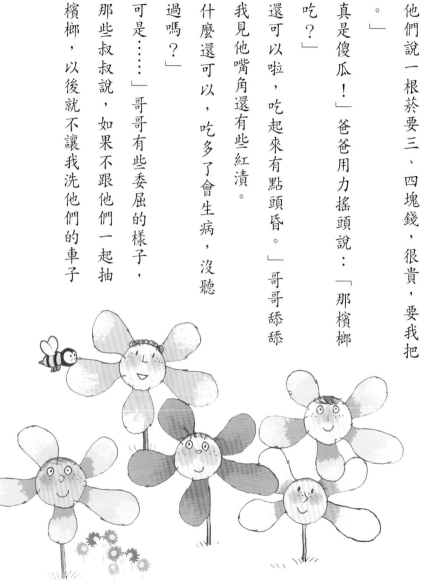

「好壞啊！」聽到這兒，我忍不住罵道：「那些司機真壞！」

「所以我才把所有洗車用具全都搬回家，以後不要再去了。」爸爸說。

「爸，那你有沒有去罵那些司機！」我仍覺得氣憤填膺。

「罵？」爸爸楞了一下，剛剛那種氣勢轉瞬間蒸發不見。

「沒有……」爸爸咕噥著，他像遇熱融化的雪人，垮著背脊說：「我只很生氣的瞪他們，然後……就收拾東西回家。」

「爸，你應該狠狠的罵他們一頓才對啊！」我哀嚎著，感覺自己也被羞辱了。

爸爸接下來就不說話，他和哥哥一人抓一把蠶豆酥，一顆接一顆

的啃著。

晚上媽媽回到家，她說，如果是她，也一定會好好將對方臭罵一頓。至於哥哥不去洗車，媽媽則只淡淡的說聲：「算了！」

當天晚上全家人心情都不好，沒有什麼話題可聊，大家早早就寢，似乎都想只要明早一睜眼，所有不愉快，便如同惡夢般，都留存在昨晚的夢境裡了。

7. 中華路夜市

視。

第二天，哥哥沮喪的起床，沮喪的吃早餐，沮喪的跟我在家看電視。

才休息一晚，似乎還沒法讓他心情平復。

到了下午，爸爸載一位陌生的中年男子到家中。那男子一進門，就賊眼兮兮的打量我和哥哥，像在掂掂我們身上幾兩肉可賣。

我發誓我從未看過這麼討人厭的一雙眼。

「他是李先生，」爸爸說：「你們可以叫他李叔叔。」

「李讀讀！」哥哥很有禮貌的喊，他有些音無法說得準確。

「看樣子很機伶！」李叔叔皮笑肉不笑的誇獎哥哥。

「他算是很聰明的了。」爸爸說。

「這工作，也不需要什麼機伶的人來做。」李叔叔又將哥哥從頭到腳打量了一遍，才說：「他可以，要不要晚上就來試試看？」

「可以嗎？」爸爸臉上堆滿笑意，說：「如果可以，我今天晚上就帶他過去。」

「七點半，約在中華路、民權路口的那間便利商店。」

「我知道，我知道。」爸爸鞠躬彎腰的不停道謝，像對方給了他什麼莫大恩惠。

「那要準備什麼嗎？」爸爸恭敬的問。

「不用了，穿舊一點的衣服就可以了。」李叔叔目光突然停在我身上，他說：「你說你老二在放暑假是不是？要不要晚上也一起帶來？我想到了一個打工的好機會。」

「好、好、好！」爸爸又連忙答應，他恭敬的將李叔叔送上計程車後座，像護送神明般的虔敬有禮。

接著計程車開走，留下陷入一團迷霧中的我們，以及一堆汽車廢氣。

爸爸直到晚上六點多才提著三個便當回來。

「快吃！」他一進家門就急忙吆喝著。

「爸，等一下要去中華路是不是？」我試探的問。

「對，下午那位李叔叔要介紹工作給群橋。」

「什麼工作？」

「我也不是很清楚，」爸爸說：「今天中午買飯時遇到那位李先生，聊著聊著，提到昨天群橋在車行遇到的事，結果他說要介紹工作給群橋做。」

「要在晚上做？而且是中華路夜市，會不會怪怪的？」我又問。

中華路到了晚上就成了觀光夜市，整條路擺滿小吃攤，很多觀光客都會特意到那裡逛逛。

「哪會怪，」爸爸說：「別人願意主動幫忙我們，這很不容易了呢。」

我仍覺得怪，但在未見到真相前，我也只能先住口觀察再說。

不到七點二十，爸爸就急忙的將我們載到中華路的便利商店。

李叔叔已在那裡等我們，他站在一部廂型車前面，怪異的是，還推了一部破舊的輪椅。

「來，」他又皮笑肉不笑的招呼哥哥，說：「大的坐在椅子上。」

哥哥回頭看爸爸，爸爸拘謹的縮在一旁不回應，他自己也不知道該如何是好。

哥哥只好小心翼翼的坐上去。

「小的來推輪椅。」李叔叔又發號施令。

「為什麼要我推？」我第一個反應就是回問對方。

「快啦！」李叔叔有點不耐煩了，他又喊了一次：「快來推輪椅。」

在得不到爸爸的奧援，又怕砸了哥哥工作的情況下，我只好伸手扶輪椅。

「對對對，就是這樣！」李叔叔笑開了，他仔細的看著我和哥哥，神情如同在欣賞一件精心創作的雕塑作品。

「這裡有口香糖，一條賣二十元，」一盒口香糖硬是塞到哥哥的懷裡。「大的現在跟我喊一次——『口香糖』！」

「口香糖！」哥哥字正腔圓的喊了一聲。

「不對啦！」李叔叔突然用力拍了一下輪椅，把我和哥哥嚇了一跳。

「要比較不清楚一點啦，像這樣——『狗、將、擋』。」哥哥只好戰戰兢兢的學著：「狗……將……擋……」

「對，就像這樣，講太清楚沒人要買，要裝得可憐一點嘛。」

「我知道了！」愛現的哥哥像多喝了智慧水，多拔了智慧毛，開竅了。他跟李叔叔抬起槓來：「要像我們班腦性麻痺的同學那樣，嘴歪脖子歪的說話——『狗、將、擋』。」

「對啦，聰明啦！」李叔叔真心的讚美哥哥，他問爸爸：「你們這個……你說過的，這個什麼症啊？」

爸爸沙啞著喉嚨說：「唐氏症。」

「對，唐氏症，真的很聰明。那現在弟弟推著哥哥去賣口香糖，最好全部賣完才回來。」

「我可以不坐輪椅，站起來賣嗎？」哥哥傻傻的問。

「不行！」李叔叔凶凶的說：「要坐著才賣得好！」

這太丟臉了，我心裡嘀咕著，要我在這人來人往的中華路夜市，像賣火柴女孩般的裝可憐叫賣，這太過份，也太難堪了吧，我可是老大不願意！

「還不快去，這是靠勞力賺錢，有什麼好怕的。」見我不動，李叔叔大手一揮，大聲呼喝，趕我們離開。

看那氣勢，如果不走的話，他會對我做出更難堪的事，不得已之下，只好咬著牙往前推。

前方就是民權路、中華路口。等紅綠燈時，我偷偷看爸爸的反應，發現他跟我一樣惶恐不安，只是他不敢

擅自離開李叔叔身旁，要他來救我們是不可能了。

綠燈很快亮起，必須過馬路了，身旁有許多人匆匆來去，我縮著脖子推輪椅，整張臉幾乎朝下，不敢看左右經過的行人。

走著走著，突然輪椅前方有人開罵：「要看路！我會被車撞了！」

一聽，原來是哥哥，一抬頭，發現我已走偏路，快和過路的汽車相撞。

W
牛仔褲
390
MARGAN
全館特價

雖是我的錯，可是我仍不服氣，走到對街安全處，我念起哥哥：「你不知道這輪椅很難推嗎？你又那麼重，不信你來推推看好了。」

「哼，好啊好啊！我也把你推去給車子撞好了！」哥哥也不甘示弱，他站起身回嘴。

有時我們兄弟會在家裡吵嘴或打架，媽媽見了反而開心，她說會吵架、打架才是正常，才夠聰明。

我和哥哥在路邊大呼小叫，一方是相貌異於常人的智障青年，一方是國小才剛畢業的未成年人，一旁還伴著一部破輪椅。雙方你來我往，吵了七八句，才發現有一對情侶正好奇的觀看我們。

哥哥反應很快，他馬上雙手捧起口香糖，故意大舌頭的兜售：「狗將擋！」

情侶嚇了一大跳，趕忙逃開。

他們一定覺得我們在騙錢，怎麼坐輪椅的能站起身講話，而且吵架時流利順暢，賣起口香糖卻又口齒不清。

「好啦，別吵了，快坐下。」我小聲的告訴哥哥，環顧四周，見到對街的李叔叔雙手撐腰，正瞪著我們看。

吵了幾句，渾身熱起來，膽子也大了些，「那個李叔叔怪怪的，我們趕快把口香糖賣完，快點回家好不好？」我說。

「毫！」哥哥也同意，於是我小心的推著他前行。中華路兩旁都是攤販，現在正是晚餐時間，很多人點了餐點之後，就在路旁的座位區吃將起來。

我還是不敢抬頭，倒是哥哥大方多了，只要遇到行人他就會喊起「狗將擋」。

後來發現，我根本用不著開口，所有「公關」事宜都由哥哥處理，他會熱情的跟路人招呼，年紀大的就喊「阿姨、讀讀」，年紀輕的就喊「賽哥、沒你」。

「你怎麼那麼會做生意？」我低頭偷偷問哥哥。

「老師教的。」哥哥得意的說：「每次出去義賣或表演，老師都教我們要有禮貌，要會叫人。」

哥哥這招蠻吃得開的，因此生意不斷上門。客人會自己在口香糖

盒子裡找零錢，大方一點的、身旁有女伴的，五十元或一百元丟了就算了。

走著走著，來到「潭子臭豆腐」這一攤，正巧又碰到剛剛被我們嚇著的那一對情侶，他們正準備享用桌上那兩盤臭豆腐。

一股像要詐騙別人錢財的羞愧感湧起，我想快躲開，或是挖個地洞，連人帶車一起推進去……

只是說時遲那時快，哥哥已先熱情有勁的喊出——

「狗將擋！」

那情侶觸電似的震了一下，然後，我們四人像被施了定身咒般的僵在原地。哥哥定定的看著前方顧客，情侶左支右絀的想以背影遮擋他的視線，而我是羞愧到臉龐漲紅、全身發燙，似乎快揮發成一團蒸氣，灰飛煙滅去了。

幸好這時有人將我們喚去——「喂，口香糖！」

是幾位穿著時髦套裝、足蹬高跟鞋的「沒你」，她們可能想以口香糖遮味道，我趕緊推車過去。

「沒你」們買完，接著隔壁桌的「賽哥」也來買，最後連路旁的老阿伯也以同情的眼光跟我們買了一條。

我們在臭豆腐攤賣完所有的口香糖，稍稍算了一下金額，有四、五百元之多，雖然任務達成、如釋重負，可是心中的羞愧感越來越深，我覺得我們是利用哥哥的身心缺陷出來「乞討」的。

8. 搶 人

快步走回便利商店，爸爸和李叔叔坐在那兒等我們，李叔叔抽菸，爸爸吃蠶豆酥。

「爸，賣完了！」哥哥在對街喊，等不及我推他過去，自己就站起身向前跑。幾個路人見到這「神蹟」，都張大嘴，目瞪口呆。因為他們看到原本坐輪椅，「不良於行」的哥哥，這時竟能起身快跑了。

「感謝天主和菩薩！」我心喊，終於完成工作。有了今晚的屈辱，我發誓以後一定要努力用功，奮發向上，絕不要落魄到日後真的要推哥哥上街騙錢。

李叔叔面色猙獰，可能想罵哥哥不識相，自作聰明的前來邀功，可是見到我帶回的錢，卻是高興極了。

「哇，這麼厲害，不到一個小時就賣光了。」李叔叔數數錢，拿了一百塊給爸爸「抽成」。

爸爸扭扭捏捏的不好意思，李叔叔含著菸，硬是塞到他襯衫的口袋裡。

「這是你們該得的，我做事一向很有原則。」李叔叔高興的說：「怎麼樣，明天開始正式『上班』，要不要？」

爸爸望向我，我用力搖頭說：「不要！」

「我也這麼覺得……」爸爸不敢看對方，唯唯諾諾的。

「不要？」李叔叔一臉訝異，「這是你兒子唯一的出路呢！從我『師父』做起，我們幫助了多少殘障人士？你以為這條路只有你們在

賣，有三、四個人現在也在這裡賣原子筆、賣面紙，他們都是我帶來的，你們不要，還有一堆人等著要呢！」

「這……好像在當乞丐，在利用別人的同情心乞討，還是不要好了。」爸爸說：「這會讓別人瞧不起我們殘障人士。」

「咦，怎麼講不聽呢？不是說過，你們也是靠自己勞力賺錢的啊，有什麼好丟臉。還有，你兒子如果不做這個，還能做什麼？」

爸爸苦笑著搖頭，嘴裡念著「不要、不要」。

李叔叔軟硬兼施，好說歹說，爸爸仍拒絕，最後他用哀兵之計。

「拜託讓你兒子來跟我好不好？」他哀求爸爸：「你兒子有『天分』，我從沒見過這麼會演戲，口香糖賣這麼快的。你兒子如果好好跟我

做，我們『生意』一定能越做越大，全省賺透透。」

爸爸還是不答應，他要我們上計程車。

好爸爸！我心裡這麼稱讚他，雖然他不會義正詞嚴的與人辯解，但至少他知道哪些事能做，哪些事不能做。

車子開動後，李叔叔還在車窗旁苦勸爸爸，最後車子開遠了，回頭還可望見他對著車尾，嘴裡不放棄的一直念著。

「爸，」我說：「剛剛真的好丟臉。」

「沒錯，丟臉的事不要做。」

哥哥則持相反意見，他說：「坐輪椅很好玩，大家都對我很

好。」

爸爸不理他，從口袋裡拿出一百元說：「想買什麼吃嗎？」

我說：「豆花。」

爸爸說：「鹽酥雞。」

哥哥則說：「臭豆腐。」

他的理由是剛剛在那裡賣口香糖時，口水就一直流了。

第二天，爸媽上班後，家裡又剩我和哥哥。

大概上午十一點左右，大門被輕輕推開，我一望，是那位李叔叔。

「有什麼事嗎？」我狐疑的問。

「嘿……」他笑笑的說：「你哥在家嗎？」

「在，」我說：「有什麼事嗎？」

一見哥哥走出，李叔叔露出高興的表情，對他說：「你爸爸找你，要你在車行等他。」

「幹嘛？」哥哥問。

「嗯……好像要講洗車的事。」

我還是疑惑，問：「為什麼爸爸會叫你來？」

「哎，順路嘛！」李叔叔半強迫半邀請，將哥哥送出門外，很快就拉他走出巷口。

「喂——」我喊著：「先不要走，我先打電話問爸爸！」

我想撥電話，可是又覺得怪，再衝出來時，已見到哥哥在遠處坐上李叔叔的廂型車，不一會兒工夫，車子已駛離現場。

我趕緊聯絡爸爸，爸爸說：「我才沒要群橋到車行！」

「那糟了！」我喊：「哥哥被李叔叔拐走了！」

爸爸開著計程車衝回來，我直嚷著要報警，可是爸爸猶豫不決，他說要確定哥哥真的被拐走才能報警。「沒有會被警察罵的。」他說。

「那怎麼辦？」我焦急的問。

「我們先追出去！」爸爸說。

「要去哪裡追？人都已經跑遠了。」

「嗯……也對……」爸爸苦著臉。

整個城市有上百萬人口，有幾十萬戶人家，數千條道路，要找一個不知去向的人，簡直是大海撈針，比中夜市賓果還難。

不過，以前電腦老師說過，凡走過必留痕跡，凡上網必留ＩＰ。總有一些蛛絲馬跡可尋，那就快想辦法吧！

想、想、想！我讓腦袋快速運作，讓每個腦細胞像裝上勁量電池般的橫衝直撞。

「好啦，不管了，我們先到中華路！」我依稀抓到一個線索，於是當機立斷，做了決定。

不到二分鐘時間，爸爸已載我衝到中華路。失去夜晚燈火的點綴，白日的中華路只是一條不算寬敞的普通街道，路上人車南來北往，當中最慌張的就是我們父子倆。

爸爸開車來回梭巡，我則瞪大眼，不斷搜尋。

看著看著，或許是老天爺念在爸爸平日熱心公益，勤買公益彩券的分上，指明一條生路給我們——我在中華路旁的一條暗巷中，見到了那部廂型車的車尾。

「爸——」我大喊：「就是那台車！就是那台車！」

爸爸將計程車丟在路旁，兩人立刻衝到巷子裡。

「爸，你看，車頭還熱熱的，這車才剛停好。」我急著說。

「你怎麼知道要這樣摸？」

「從卡通柯南看來的。」

爸爸環顧四周，巷子兩旁都是舊公寓，巷裡一個人影都沒有，我們只聽到巷口中華路那邊傳來的人車聲。

「怎麼辦？會在哪裡？這裡這麼多戶人家，也不知道姓李的住哪裡。」

「爸，我一戶戶的按門鈴，你幫我從對講機說『可不可以幫忙移車』！」我急中生智，又想了一個好點子。

「又從柯南看來的？」爸爸問。

「不是，」我說：「從電影裡學來的。」

不過真的要按電鈴時，爸爸又猶豫起來。

「我不會騙人，這樣騙人怪怪的……」爸爸說。

「那你還有什麼好方法？」

爸爸啞口無言，只好任由我按下對講機按鈕。

問了七、八戶，真的有位老先生下樓移車，結果一見到自己被玩弄，當場把爸爸罵得狗血淋頭。

「還……還是先報警好了……」爸爸被罵得手腳發顫，虛弱得快說不出話來。

可是我不管，繼續按下去，試了幾戶之後，又有人回應：「我的車怎麼可能擋到人？」

「不信你來看……」爸爸虛弱著聲音，像對方的車已輾在自己肚子上。

過了一會兒，樓梯間響起腳步聲，一樓大門一開，裡外三人一打照面，楞了一秒鐘，我馬上大喊：「爸！就是他！」

那位李叔叔一聽，立刻衝上樓，我作勢要追，但爸爸一把將我拉住。

「不要啦，先報警，萬一上面還有其他壞人怎麼辦？」爸爸喊。

「我不管，我要去救哥哥！」我努力掙脫，管他上面是龍潭還是虎穴，提一口氣，直衝上去。

爬完三層樓後，我對著左邊那戶人家猛按電鈴，那位李叔叔早已把鐵門深鎖。

「叮咚——叮咚——」鈴聲又急又猛，層層疊疊的聲浪迴盪在樓梯間，吵得隔壁及樓上的住戶都探頭出來看。

「喂！囝仔人！你是咧衝啥咪喇！」隔壁戶的老阿伯大聲罵我，可是我不管，我撬不開鐵門，只能不停的按電鈴、拍鐵門，一直鬧到警笛聲響起，警察衝到我身邊為止。

在警察強勢威嚇下，李叔叔終於妥協，要哥哥開門。

哥哥一見到我，先對著我罵：「你很吵吔，李叔叔還罵你喔，你不知道我們在吃飯嗎？」

我跟著警察進到屋裡，除了李叔叔外，還看到另外四位身心障礙人士，他們圍在一張舊方桌，桌上擺著六個便當，不過他們這一餐只能吃到這裡為止了。

9. 麥老師

警察現場問話完畢後，把所有人帶到警察局。那個李叔叔最慘，他是被銬著走的。

在警局裡，警察又重新詢問一次，之後來了許多新聞記者，他們不斷攝影、拍照，還拿著麥克風訪問我、爸爸，以及多嘴的哥哥。

過了近四十分鐘，警局來了一位身材稍瘦的中年婦女，她向警察說明幾句後，走到我們前方。我們父子三人正愉快的分享蠶豆酥，那位歐巴桑像帶來一陣寒風似的，將我們熱烈的氣氛凍結住。

「你們實在很無聊！」婦人用閩南語冷冷的說。

我和爸爸莫名其妙的看著她。
「那個李先生又不是什麼壞人，為什麼要報警捉他？」
「他把我哥哥騙走，」我抬頭望她：「警察先生說，他們下午就要搬去南部，我們差一點找不回我哥哥。」
「他就是這樣到處搬來搬去的！」婦人不以為意的說：「你知不知道？他讓我兒子有工作做、有地方住，一個月還有幾千塊、近萬元的收入，現在呢？什麼都沒有了。」
她用力瞪我們，越說越生氣，好像我們才是剛被警察抓來，專門在外裝傻行騙的金光黨徒。
婦人話不多，但可感覺到她相當憤怒。最後她扭頭離開時，還不忘對我們拋下一句：「無聊！」
我們三個楞在警局的板凳上，看著婦人牽著與她同高，行動不方

便的兒子，緩緩的走出警局。

「我好像讓那個大哥哥失業了。」過了許久，我才說。

「不要這麼想，」爸爸低聲安慰我：「我們這樣做沒有錯，我應該要像你一樣，勇敢一點，如果不是你，說不定我們一輩子都看不到群橋了。」

哥哥也拍拍我的肩頭，表示給我溫暖支持。

當天晚上，我們三人成了新聞，全上了電視。根據主播的描述，李叔叔成了拐騙身心障礙人士，利用民眾同情心騙取金錢的邪惡集團代表，而我和爸爸則是不放棄希望，靠著機智及勇敢，協助警方破獲拐騙集團的善良一方。

把我們說得那麼英勇，真不好意思，不過在高興之餘，下午那位婦人帶著兒子蹣跚行走的畫面，仍不斷浮現在我腦海裡。

我覺得是我害得她兒子暫時沒工作了。一想到這兒，上電視的新鮮感立即消失無蹤，我只能認真的祈求上天，希望他不要像哥哥那樣，工作找得那麼辛苦。

或許上電視出了名，附近的鄰居都特意過來我們家串門子，拜訪的人川流不息，我終於體會到成語——「門庭若市」所形容的意境了。隔天晚上，我聽到門外由遠而近傳來「嘰嘎——嘰嘎——」的輪轉聲，心想，該不會又有人要登門拜訪吧！

不過這聲音須配一位風中殘燭、瘦骨伶仃的老人才搭。我想不出我們親戚朋友中，有哪一個老人會這樣顫顫巍巍的在晚上，騎著關節不靈活的腳踏車拜訪我們。

結果爸爸一開門迎接，我見到了一位年紀大，但活力四射的老奶奶。這種熱情有勁的老奶奶我常見，以前每日上學時，總會見到她們在綠園道跳土風舞什麼的。

「麥老師！」哥哥一見她，興奮的大喊。

「你們上電視了！」叫「麥老師」的老奶奶高興的說：「群橋，好久不見了！」

原來這位麥老師是哥哥國小的特教班老師，她帶來一個好消息。

「我現在做社工，專門為身心障礙人士找工

作。」麥老師人老心不老，她的笑容比哥哥還要燦爛，「昨天看了新聞才知道你在找工作，我剛好有一個case可以讓群橋試試。」她說。

麥老師退休後，每日搜尋報紙，或騎著「嘰嘎、嘰嘎」的破舊腳踏車上街，找尋有沒有適合身心障礙人士的工作。如果覺得合適，她會當面詢問老闆能不能聘雇特殊的孩子，如果媒合成功，麥老師會幫孩子做些簡單的職前訓練，日後還會定期追蹤他的工作狀況。

麥老師介紹的工作當然很不錯，爸爸和哥哥馬上答應明日上班。

第二天，麥老師與爸爸和哥哥約在一家小型電子工廠碰面。

麥老師說，這家工廠規模小，只有十餘位員工，但老闆心地好，聘雇了七、八位身心障礙人士，哥哥的主要工作，就是焊接電子零件到電路板上。

「會不會很難？」前一晚爸爸問。

「不會啦！連我這老人家都做得來。」麥老師笑嘻嘻的，像尊菩薩一樣。

第一天上午由麥老師在現場教導哥哥適應工廠、操作工具。中午，爸爸帶回兩個便當與我在家享用。爸爸說：「這工廠還算不錯，雖然小小的，但環境整潔，注重通風，群橋愛乾淨，應該很快就能適應了。」

聽了這話，我心裡也很高興，哥哥的問題，爸爸的難題，應該都解決了吧。

只是好事多磨，下午三點多，爸爸卻把哥哥載回來。哥哥下車時，一手還握著冰袋摀住右眼。

他把冰袋拿下，我見到他右眼有「黑輪」——眼眶烏青了一圈，此外，臉頰上還有傷痕。

「怎麼了?」我關心的問。

「在工廠被揍了。」爸爸邊「喀」蠶豆酥邊說。

「為什麼?」我問,哥哥在一旁無辜的看著我。身材矮胖又黑眼圈的他,這時很合適去動物園扮貓熊招攬遊客。

「因為他同事不喜歡他。」

「怎麼會?那裡不是有很多身心殘障人士嗎?」

「不知道。」接下來爸爸就不說話,默默的沉浸在蠶豆酥的世界裡。

晚飯過後,屋外由遠而近又傳來「嘰嘎——嘰嘎——」的輪轉聲,麥老師又來了。

「唉,真沒想到!」麥老師一進門,就跟爸爸說抱歉。

爸爸愁眉苦臉的遞給她蠶豆酥。

「不用，謝謝！」麥老師搖手婉拒，然後哇啦哇啦的說：「群橋爸爸，你應該很了解群橋這類的孩子，雖然他們某些能力不如常人，但和一般人一樣，他們也有喜怒哀樂，也會害怕或嫉妒。今天工廠有一個我輔導的孩子，以為群橋要代替他的位置，以為我們要換掉他，因為害怕失去工作，所以下午出拳打群橋。」

麥老師像司空見慣似的，笑咪咪的看著哥哥的傷勢。

「所以群橋暫時先不去那間工廠。」她說。

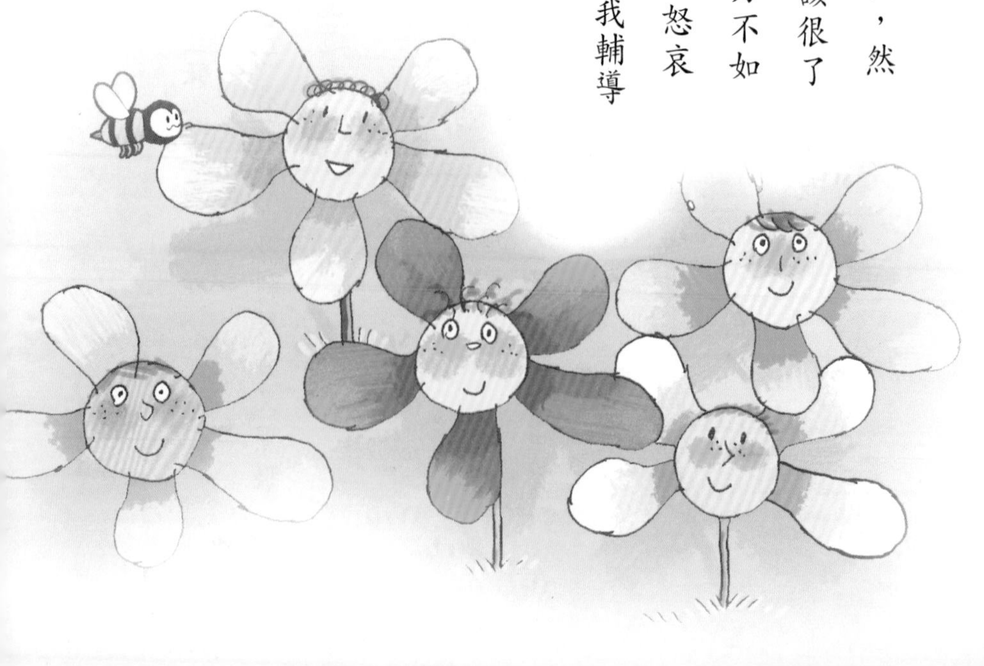

「那還有沒有其他適合的工作？」爸爸咬著蠶豆酥問。

「沒有了，現在的工作不容易找。」

「唉……」爸爸深深的嘆了氣。

不知是吃了蠶豆酥口氣不好，還是那嘆氣太深沉也太無助，我突然瞧見一隻小蟑螂莫名的翻著肚子，在爸爸的腳邊抽搐著。

「群橋爸爸，你就別氣餒了。想想看，我每日為他們找工作，受多少氣，挨多少白眼，我還不是一樣，每天快快樂樂的。」

麥老師接著安慰爸爸：「其實有個基金會，最近在你們家附近成立一間由身心障礙者經營的烘焙坊，也可以讓群橋過去幫忙，只是麵包店工作人員已招足，群橋只能擔任不支薪的義工。」

爸爸想了一會兒，說：「也好，過去幫忙做一點事，總比每天待在家裡看電視好。」

「對，」麥老師說：

「說不定做久了，也可以到外頭從事這一行。」

哥哥的新任務又這樣確認下來。

仔細想一想，從畢業到現在，短短一個月時間，哥哥做了多少事了，換了多少工作呀！真是應驗了閩南語歌曲中的一句——人生真如走馬燈！

10. 麵包花園

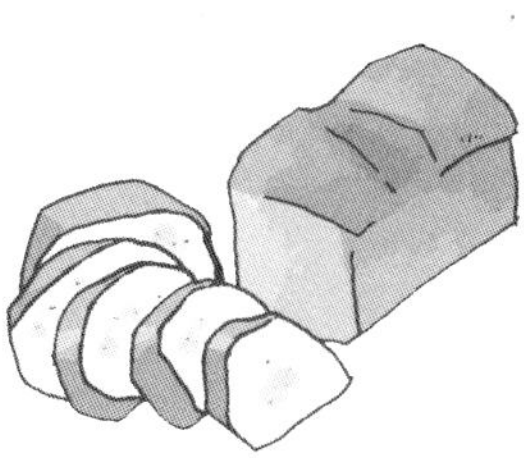

接下來的日子我也忙碌了，因為必須參加國一新生訓練，以及學校暑期輔導。哥哥新環境適應得如何，只能從爸爸或哥哥那裡聽來。

「這間麵包店很不錯喔！」有一晚，趁我讀完功課，爸爸伸頭對我說。

為了不想長大後，真的淪落到推著哥哥上街騙錢，我每日努力用功讀書，跟大家聊天的機會實在不多。

「怎麼說呢？」媽媽在一旁問。

「內行人一眼就看出！」爸爸有些得意的說：「店裡的裝潢都是

用不錯的材料，整個店面也設計得古典、高雅。」爸爸難得在媽媽面前提出自己的看法。

「這麼專業！」媽媽還是忍不住酸他一下，她對我說：「你爸喔，以前跟人家學做裝潢，學了幾年，好不容易要出師了，又不做了。」

爸爸低頭吞吞吐吐的說：「就……就興趣不合啊。」

「當了師傅，或自己當了老闆，現在不就可以帶著群橋一起做了嗎?當初真不會想喔！」

爸爸垂頭不回應。

「還有啦，」媽媽繼續唸著：「不做裝潢，跑去跟人家學做餐飲，好不容易拿了中餐丙級證照，你師傅還推薦你去大飯店學，結果去了幾個禮拜，又不做了。」

「大飯店規矩多，我不喜歡……」

「又來了，什麼都不喜歡，皇帝李世民都沒你這麼嬌嫩！」媽媽指著爸爸的頭，像太上皇一樣的念他。

然後，爸爸第一次在媽媽面前有了小小的反動。

「榆橋，」他縮頭，像在躲避媽媽射來的叨念，小聲問我：「要不要去看那間店？我這幾天也

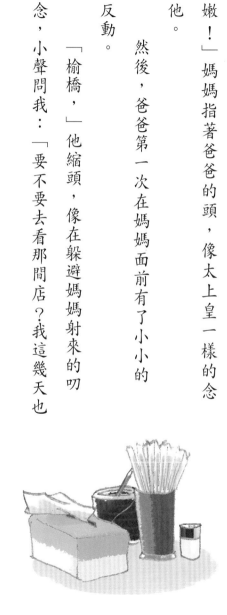

有幫做一些裝潢的工作。」

我當然說好。

於是爸爸拉著我和哥哥往外走，出門時，還可以聽到媽媽在家裡呼喊：「李世明，你故意不理我，你給我記住！」

走出我們住的巷口，來到大馬路邊，又過了二支紅綠燈，來到一大棟蓋好不到幾年的新式住宅大樓。

「這是慧宇建設所蓋的大樓，房子很貴，算是豪宅了！」爸爸為我解說。

「基金會特意在這裡租一間一樓店面，就是想走高級路線，想擺脫身心障礙人士等同於廉價、低級的聯想。不過他們說這裡賣的麵包並不會貴，希望能用這樣價格吸引更多人來。」爸爸將我用力拉到店

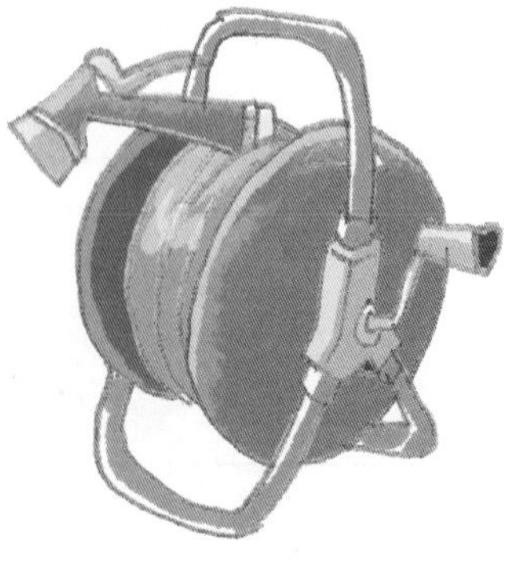

門口，像熱情的店主介紹自己店裡的特色。

「先來看看店外的設計，有漂亮的布棚，典雅的花台，還有一支從國外運來的銅製立牌，看到沒，上頭寫著店名——麵包花園。」

爸爸竭盡心力，想盡辦法要我知道這麵包店的確與眾不同。其實不用他解釋，我用眼睛就可以看得出這間店確實高貴。

麵包店尚未營業，店門深鎖，看完門面，我們趴在落地窗上，像小偷一樣的窺視裡頭的陳設。

「除了麵包架，還有咖啡區。牆上大幅黑白照，都是請人在國外拍的，很有那種……那種……氣氛。」爸爸一時詞窮，一直「那種、那種」的講不出形容詞語。

因為窗玻璃易反光，不容易看清照片上

的人物，我只好用手框住眼眶，配合爸爸的解說，奮力的往裡頭探視。

然後，怪異的事發生了，照片全是外國人啜飲咖啡的畫面，只是看著看著，突然其中一個黑白人物動起來。

我全身寒顫，起雞皮疙瘩，心想，怎麼店還未開張，就鬧鬼了……

接著，更恐怖的事來了，照片裡的人竟開始張嘴說話！那聲音低沉沙啞，像狗在低吠，只是……聲音是從後頭來的，像在罵人，而且還用閩南語在說——

「你們三人是在衝啥！」

因為突如其來，我們三個人像見鬼似的驚跳起來，我趕緊轉身——

——是活人！——雖不是鬼，但模樣比鬼還恐怖，你絕不會想在走夜路時，撞見他那人不像人，鬼不像鬼，一臉殭屍的樣子。

「里、里長你好……」爸爸見狀，立即跟對方表明身份，鞠躬哈腰問好。

原來，我剛剛見到會動的人物，是里長映照在玻璃上的人影。

「你們，在這裡做什麼？」里長矮胖，穿白汗衫、卡其短褲，趿一雙夾腳拖鞋，他抬起下巴，一副不可一世的模樣。

「我帶兒子過來參觀。」

「我還以為你們是小偷，一副鬼鬼祟祟的樣子。」里長瞪著我們，仍是把我們當罪犯看待。

「再隔幾間就是我的店面，我已經抓過好

幾個小偷。」里長語帶恐嚇的說。

「我們不是小偷。」爸爸不斷的陪笑，「我這幾天都在這裡幫做一些裝潢的工作，所以今晚帶他們過來看看。」

「這麼好心，會過來幫忙。」里長瞇著眼，像在懷疑什麼。

「嘿嘿嘿，」爸爸含蓄的傻笑，「因為我兒子以後也會在這裡上班。」

「你兒子？上班？」里長先打量我，然後再看看哥哥。

他對哥哥露出那種特異的表情，我已見習慣，許多不熟悉身心障礙人士的人，常不自覺露出這種眼光。

「不可能是他吧？還這麼小。」里長指指我。

「不是，不是，」爸爸卑微的說：「是我老大。」

「是他？」里長不可置信的指指哥哥。

「沒錯，是他。」

里長楞了一秒鐘，才恍然大悟的說：「難怪……這幾天不斷見到一些奇奇怪怪的人在這裡出入。」

「嘿嘿……」爸爸又傻笑。我覺得里長說話很不客氣。

「你們是準備要開像『喜憨兒』那種的店？」

「對對對……」

「什麼?真的要開？」里長怒目相視：「可是他們都是精神有問題的人，那以後我們住戶的安全怎麼辦！」

麵包花園
麵包花園
Doritos

「不是，不是……他們不是精神病……」爸爸漲紅了臉，不是很有自信的說：「就算精神有問題的人，也……也要給他們工作機會啊……」

「不管啦！」里長蠻橫的說，一條經過的花狗嚇了一跳，牠驚慌的夾著尾巴，逃回原處。

「反正我不允許你們這種人在這裡工作！原本以為這裡會開一間有格調的店，沒想到竟是你們這種人來這裡工作，我要聯絡大樓管理委員會，我要你們關店，我不會讓你們在這裡開店的！」

里長窮凶惡極的模樣，把我們三人嚇死了。

「怎麼辦？」看里長走遠了，我才問爸爸。

「我，我也不知道……」

遠處傳來野狗的哀鳴聲，聲音悽楚悲切——可能是剛剛那條花狗又碰上里長，然後遭遇不測……

配著哀嚎聲，爸爸臉上肌肉微微抽動，他摸起褲袋，在找蠶豆酥了。

11. 抗爭

第二天，里長帶著一些住戶到麵包店惹事端。晚餐時間，爸爸提了幾個排骨便當，讓我們父子三人在家中與麥老師共進晚餐，共商後續發展。

「早上里長帶著幾位住戶到店裡抗議，要我們馬上搬家。」麥老師先對我說。

「他們凶巴巴的，說話很大聲。」哥哥在一旁咬著排骨補充說明。

「來來來，這排骨剛炸好，麥老師，妳也吃吃看，看味道如何？」爸爸熱心的說，還殷勤的幫麥老師打開餐盒，排好筷子。

「很好七……」哥哥鼓著腮幫子說話，但爸爸只眼巴巴的望向麥老師，不理會他。

「嗯……不錯，」麥老師嘴裡傳出「嗞、嗞」的酥脆聲，她咀嚼了兩口，立即說：「沒吃過這麼好吃的排骨，炸得鮮嫩又多汁，不像有些店乾乾老老的。」

一聽麥老師稱讚，爸爸「嘿嘿嘿」的傻笑起來。

我覺得爸爸莫名其妙，竟在這節骨眼為一塊排骨開心，我也咬了一口肉排，但食之無味，我趕緊問：「然後呢？」

「這麵包花園花了多少心血和經費才籌設完成，哪能說搬就搬，我們才不理呢。」麥老師說。

「還有，配菜怎麼樣？」爸爸插話問。

「嗯，我吃看看。」麥老師他們三人，幾乎動作一致的夾起飯盒裡的炒高麗菜。

我沒興致吃，急著問：「然後呢，里長有沒有說什麼？」

「他說走著瞧。」麥老師苦笑。

走著瞧？我心想，這不是電視劇中嘴歪眼斜的狠角色，常掛在嘴邊的恐嚇話嗎。不知面貌凶惡，腳短肚圓，身材像哆啦A夢的里長，到底手段會多凶惡。

爸爸這時又插嘴：「菜好不好吃？」

「喔——」我心裡喟嘆著，這個老爸在幹什麼？竟說些無關緊要的話，我開始懷念之前默默低頭吃蠶豆酥，沉默得像尊破舊雕像的爸爸了。

幸好麥老師仍明理的回應我：「我下午也跟里長溝通，但他堅持己見，不想退讓。」

見到爸爸仍眼巴巴的望她，麥老師趕緊補上幾句：「味道不錯，但油了一點，現代人重健康，建議不要那麼油，還有，多放一點青菜會更好。」

「少油多青菜，好……」爸爸低頭沉吟。

麥老師見我一副憂心忡忡的模樣，她安慰我：「你也別想那麼多，既然他說走著瞧，那我們就見招拆招，走一步算一步。」

哥哥已將餐盒吃完，他打了一個飽呃。爸爸笑笑說：「群橋，便當好不好吃？」

「好七！」哥哥滿意的拍拍肚皮，爸爸也滿意的跟他笑。

只有我不滿意，我忍不住對爸爸說：「爸，你怎麼只在意便當好

不好吃？你有沒有幫忙想辦法呀？」

口氣有點凶惡，像是我成了家長，爸爸成了不長進，只會飯來張口的孩子。

爸爸一聽，臉沉下來，喃喃的說著：「就走一步算一步啊……」

「什麼走一步算一步，」我又凶起來：「那你晚上與麥老師商量了什麼，你只注意到便當好不好吃而已，這排骨飯有那麼重要嗎？」

「重要啊……」爸爸喃喃說著，我聽了差點昏倒在地。

升上國一，我認真上課，認真讀書，生活態度一轉變，

才發現爸爸的日子過得太溫吞、太消極，我終於能體會到媽媽的苦處了。

接下來幾天，因為我關心，爸爸每晚都會報告麵包店的新「戰況」。

「今天里長又帶人來店裡大吵大罵。」

「吵和罵不會怎樣，又不會少塊肉，不理他。」我說。

「咦——」爸爸驚奇的說：「怎麼跟麥老師說的一樣！我和你哥都難過得要死，都躲在店裡不敢出來。」

那不叫難過，我心想，那叫膽小。

隔天，爸爸說：「里長的白布條掛好了。」

「白布條？」

「對，抗議用的白布條，上頭寫著『堅決反對』、『全部滾出

去』、『我們不歡迎』……」

「看起來很恐怖！」哥哥說。

「那麥老師怎麼說？」

「她沒說，是基金會的執行長說話了。」

「執行長？」我頭一次聽到這號人物。

「執行長是個很能幹的人，她向企業募款，然後一手策畫這間麵包花園。她說里長掛白布條，我們就掛紅布條。」

「紅布條？那是什麼東西？」

「是廣告布條，上面寫著幾月幾日盛大開幕。執行長說，里長鬧得越大，就越多人關注麵包花園，我們應該要謝謝里長幫我們做了這麼多宣傳。」

「還有多久要開幕？」我關心的問。

「再兩個禮拜，現在群橋他們每天都在店裡熟悉環境、熟悉作業流程。」

然後，過了幾天，爸爸又帶回新消息：「今天店裡的冷氣機被破壞！」

「被破壞？」

「原本以為是新裝好的冷氣機故障，工人一檢查才知道，原來是室外機被人故意塞入塑膠袋，讓機器運轉不正常。」

「太過分了！」我忿忿不平的說：「一定是里長搞的鬼！」

「應該是，大家都這麼認為，執行長已跟基金會的律師商量，看要採取何種法律行動。執行長還規定，現在我們進出麵包店，都要兩三個人一起，免得被里長他們暗算。」

哇！搞得風聲鶴唳，像在對戰一樣。執行長雖處理得不錯，但我

仍有些疑問想問。

「爸，這個里長那麼壞，以後不要選他。」

「我以前就沒選他了，下次更不會選他。」

「還有，你好像都沒去開計程車，車子整天停門口，你是不是都往麵包店跑？」

「對啊，對啊。」爸爸摸摸頭說。

「沒去賺錢，媽不會生氣嗎？」

「不……不會啦，我有跟她講，她同意了。」提到媽，爸爸就緊張，他戰戰兢兢的回答，像怕媽媽會突然從地板或天花板冒出來罵他。

「有同意就好。」

「還有，你怎麼每天都帶一樣的便當回家？」

「不好吃嗎？」爸爸驚慌的問，像被踩了尾巴的可憐小狗。

「很好吃啦，只是每天都吃一樣的，不會覺得怪怪的嗎？」

「你也覺得好吃呀！」爸爸曖昧的對我笑，好似便當裡摻了他什麼獨門祕方，就等著我發作。

「我只是想讓你嘗嘗味道如何，順便看看你每天的反應，如果覺得怪，那明天換爌肉飯好了。」

爸爸帶回什麼便當我並不在意，我在意的是麵包花園的發展。

哥哥他們能不能安身立命，社會是否還有公平正義，甚至——能否拯救地球，維護世界和平，都與麵包花園能不能順利開張有關係。所以，我在意的是麵包店，誰管明天便當換吃什麼東西！

只是，我沒法換裝成超人，我只是個初上國一的青少年，只能眼睜睜的看著惡霸里長不斷騷擾麵包店。

在那種氣氛下，不僅是我，每位員工更是緊張、擔憂。哥哥每天下班，都會學他同事，依樣畫葫蘆的虔心感謝天主：「謝謝天主，讓我平安的過了一天，阿們！」

雖然緊張、害怕，但所有人仍堅守崗位，不畏風雨飄搖。見到麵包花園如此堅守陣地，開幕的前一週，里長使出了「殺手鐧」——他要明明白白的告訴麵包店的每一位成員，他的立場是清楚且堅定的。

12. 潑漆

星期六早上，爸爸和哥哥如往常一早出門。

過不到五分鐘，家裡電話大響，我接起一聽，話筒傳來哥哥淒厲的叫喊聲：「救命啊！好可怕啊！」

爸爸把手機搶過去，他要哥哥別慌張、別亂說，可是他自己在電話裡的聲音也是慌慌張張的：「麵包店出事了，你要不要過來看！」

話沒說清楚，當然要去看。

一到現場，就見到整個麵包花園的外牆被潑灑上紅油漆，因為是胡亂潑灑，整個店面紅得讓人怵目驚心，讓人膽戰心驚。

有一位工作人員可能是被驚嚇到，她在店門口啜泣，一旁有兩三位同事安慰他，爸爸和哥哥則一臉木然的蹲坐在一旁吃蠶豆酥。

經過的路人及騎士紛紛探頭看。乍見這場景，一定有人會認為這裡是惡鬼吃人，或是外星人屠殺地球人的血腥現場。

我到處查看，落地窗、水泥牆、花圃，連靠近馬路邊的銅製店招，全都被潑上紅漆，無一倖免。初見到這血淋淋一片，會不由自主先深呼吸以求鎮定，果然犯案者選這顏色是聰明的，因為它夠招搖，

也夠警醒。

基金會的執行長不停的拍照存證，她說應該是趁半夜無人時過來作案。她已請警察看過，並向大樓警衛室調閱錄影帶，只是警衛說剛好昨晚這裡的攝影機壞了。

「怎麼可能壞了！這麼高級的大樓，而且里長的店面也在這裡，怎麼可能沒錄影。」我喊。這情節卡通柯南絕不會上演，因為謊言的層級太低了。

「大家都知道，警察也不信。」

「那接下來怎麼辦？」我問。我年紀小，只能一直問著大人怎麼辦？

「如期開幕！」執行長斬釘截鐵的說：「下星期六如期開張，我們趕緊將它恢復原狀。」

麵 包 花 園
麵包花園
Doritos

「沒可能的，沒可能的，玻璃上的漆還洗得掉，但那些木料、木飾必須要拆掉重做，叫料、叫師傅，我看至少要十天才能完成。」爸爸吃著蠶豆酥說掃興話。

「那就盡量趕工。」執行長咬牙切齒說：「危機就是轉機！我來寫篇新聞稿，把這裡的照片發給幾位熟識的記者，我們可以利用這機會，讓麵包花園紅透半邊天！」

「這個執行長真是頭殼壞去！」中午見到麥老師來，爸爸不停的抱怨。

「被搞得這樣已經夠慘的了，她竟然還說可以藉機紅透半邊天。」裝潢的師傅一來，爸爸便與他們一同工作。

「說要我們趕工，要我們快點做。可是不到一會兒，又要我們停工，因為要等記者、攝影機過來拍攝。」

「她頭腦清楚，知道自己在做什麼。」麥老師為執行長辯解。

一位裝潢師傅遞給爸爸檳榔，爸爸搖搖手，從褲袋裡掏出一把蠶豆酥往嘴裡塞，然後拿起鐵鍬，一使勁就勾起整片的木紋裝飾板。

爸爸動作俐落，寶刀未老。

「我還是覺得她頭殼壞去，硬要跟人硬碰硬，早晚要倒大楣的。」爸爸喋喋不休，不像平常的他。可能是工具拿在手上，有了自信，也可能是工具拿在手上，多了份安全感。

「不會的，」麥老師說：「她自有主張，我們都相信她，基金會的董事們也全力支持她。」

「好啦，隨便啦，反正我能幫的時間就只剩這幾天了。」

「那你那邊都處理好了嗎？」麥老師突然問了一個我聽不太懂的

問題。

「沒問題，」爸爸停下手邊工作，又抓出一把蠶豆酥往嘴裡塞，「不知道這樣做會不會太冒險？我還是有點怕。」

「不要猶豫不決！」麥老師像在安慰小孩子，「你就勇敢做下去，想那麼多做什麼？」

「嗯，好啦……」爸爸拿起沾染松香水的破布，擦拭玻璃的邊框。麥老師抿嘴看著工人工作，兀自沉思著。

當天晚上，電視台報出麵包花園被潑漆的新聞畫面。記者採訪了執行長，也問了二位工作人員，哥哥和爸爸不小心被攝錄進去，又上

了一次電視，鏡頭上的他們兩人面無表情，只有嘴巴在蠕動。晚上一些鄰居們又來串門子，他們都很好奇爸爸和哥哥到底在吃什麼好吃的。

隔天，我抽空到麵包店，麥老師見到我，笑嘻嘻的說：「今天有幾份報紙報導麵包花園，記者們都支持我們，其實報紙都很願意刊載這類弱勢族群的新聞。」

我聳聳肩，並沒有覺得特別高興。

「還有，」麥老師說：「我昨天想了一整晚，幾乎都沒睡。」

「想什麼？」我問。

「就麵包店的事啊，結果讓我想出一計『絕招』。」

「絕招？」

「沒錯！絕招！」

「是什麼絕招？快說來聽聽。」我像在演相聲，與麥老師一搭一唱。

「不行！既然是絕招，當然是『天機不可洩露』。」麥老師已一把年紀，但語句調皮。

我苦苦哀求，麥老師仍是不說。

「雖然是絕招，可是沒把握能成功，你就拭目以待吧。好了，我得去進行我的計畫囉。」麥老師說完，「嘰嘎──嘰嘎──」的牽起她的腳踏車，離開現場。

店外，爸爸他們正揮汗進行補修，釘槍及切割木板的聲音此起彼落，店裡，有人練習烹調咖啡，也有人正忙著擦去不斷飄入的粉塵。

再更遠處，則有一位腿短肚圓，身形像哆啦A夢的歐吉桑站在路邊。他惡狠狠的瞪向我們這裡，他就是那位連狗見到他，都會刻意繞路避開的恐怖里長。

從昨日開始，基金會聘請臨時夜班保全看顧麵包花園，店裡店外也趕緊增設監視器，有了這些防範設施，里長暫時不敢越雷池一步。

里長惡狠狠的望向這裡，他四周是一幅幅的抗議白布條，猛一看，那情景恐怖極了，讓人以為那裡正辦喪事，或是做什麼招魂儀式。

我連一眼都不敢多望向那裡。

13. 開幕

算是平安的過了一週，麵包花園終於要在星期六早上十點正式開幕。

剩下的這一週，大家都很緊張、忙碌。

爸爸與其他師傅，拚了老命，終於把麵包店的裝潢恢復原貌。爸爸每天起早爬晚，認真工作，他有些許的改變，背不那麼駝，臉上多了一點自信，人也開朗許多。

應該是大家給他的讚美和感謝，讓爸爸改樣。但我知道爸爸這幾週都是無薪給的義工，為了讓爸爸放手去做，媽媽沒日沒夜的在醫院

打拚賺錢。爸媽對哥哥的付出實在太多了。

哥哥每天同樣忙碌，他說他有時在麵包店，有時在排骨店。

「在排骨店？」我覺得疑惑，「在排骨店幹嘛？」我問。

「吃排骨飯啊。」哥哥理所當然的說，「不過爸爸會要我吃完飯時，幫忙送餐盤、擦桌子、倒垃圾。」

這工作我們平日就常讓哥哥練習，不足為奇。

至於我，每日用功，上課一認真，老師說的東西都聽得懂。我常在晚上讀累時，故意繞到麵包花園晃晃。值班的警衛常充滿戒心的瞅著我，我只要見到店裡平安，心裡就有一種安詳的感覺。

星期五晚上，我仍不知道麥老師的「絕招」是什麼。同樣的，我們也聽說里長準備在開幕當天，對麵包店投下更大的震撼彈。看來雙方都想在當天「出奇制勝」，只是這樣各懷鬼胎，會不會在現場鬧出更大的風波，弄得兩敗俱傷呢？

麥老師說，其實支持里長的大樓住戶並不多，大家都認為麵包花園並不會影響他們的格調。只是越是這樣，越讓人擔心缺少奧援的里長會不會孤注一擲，來個玉石俱焚呢？

我真不想看到雙方最後是「屍橫遍野」的結果。

星期六一早，才七點，爸爸和哥哥就已出門。我平心靜氣的吃完早餐，八點多，才慢慢踱到麵包店。

走到那兒，見到麵包花園比平時更熱鬧，有的人灌氣球、綁氣球，有的人擺花籃、移花盆，還有人擦玻璃、擦門把。店門口已立起一座氣球拱門，我不知道氣球的魔力這麼大，紅的、藍的、黃的、綠

的，各色的氣球一齊出現，讓人的心情也繽紛起來。工作人員很忙碌，但大家都帶著笑意，屋外陽光燦爛，屋裡的人們，臉上笑得更是燦爛。

當然，離麵包花園不遠處，就是里長的勢力範圍。里長臉帶冰霜，和幾個橫眉豎眼的傢伙，冷冷的看向這裡。他和我們之間有一條無形的界線，一邊是冬天，一邊是春天，他就像童話裡那位自私的巨人，守著滿園的冬天。

之前見過的花狗又不知從哪裡冒出來，牠用屁股對著里長，搭長的舌頭，以及喜孜孜的笑嘴，則是對著麵包花園。

好不容易見到麥老師，我又急著問，絕招是什麼？我怕我們會輸。

「不急，不急，到時候就知道了。」她笑嘻嘻，又回復到笑臉菩薩的模樣。

九點多，烘焙好的麵包出爐，店裡店外香味四溢，花狗的尾巴搖得好心急，路過的行人都忍不住深吸口氣，直喊：「好香！好香！」

執行長開始在路邊發放氣球，還大喊著：「十點開幕，我們有現做的點心免費招待！」

有了香氣和氣球，聚集的民眾越來越多，路過的小朋友們拿了氣球，更是高興得到處蹦蹦跳，麵包花園成了歡樂的嘉年華會場。

剛出爐的麵包真的好香，全場只有我與花狗無事可做，我很想與牠永遠沉醉在這幸福的香味中，只是兩部悄悄靠近，閃著警示燈的警

用機車，提醒我戰事未了。

警車一靠好，兩位警察開始指揮交通，他們不讓車子違規停路邊，只要有車輛稍遲疑，就大聲吹哨趕人。執行長見狀，與麥老師交頭接耳，像是在商量什麼機密。

麵包店外人群越聚越多，中間還摻雜了一、二十位手拿相機，或肩扛攝影機的記者。執行長已和他們客氣招呼，除交換名片外，還遞給他們新聞稿。

事情真的要鬧大了——我心想，連記者也聞風趕來了！待會兒就有血淋淋的新聞事件供他們實況報導了！

還差五分就十點，記者群中有人喊著：「要來了，要來了！」

我不明就裡，心情跟著浮動，想伸頭看個究竟，卻被麥老師抓住肩頭，「原來你在這裡！」她喊。

「我一直都在這裡。」我辯解，但麥老師不理我，人太多，她只顧著對我喊：「你和群橋在拱門下站著，不要再動了。」

哥哥已像根棍子般的站得直挺挺。「為什麼要站在這兒？」我問他。「不知道，麥老師叫我站，我就站！」哥哥說：「可能是要我們保護氣球拱門。」

見到哥哥就想到爸爸，我突然想起從剛剛到現在，都不見爸爸人影。哥哥正要回答，人群起了騷動，「來了！來了！真的來了！」他們大喊，大家爭先恐後，不斷推擠。

「是里長殺過來了嗎？」我問。

哥哥不理我，他兩手環抱拱門，盡責的保護著，眼裡盡是驚恐。

麥老師排開人群，像條魚一樣的「游」過來，她慎重的交給我一個盒子，盒裡躺著一把刀身黝黑、刀鋒銳利的大剪刀。

「幹嘛！」我嚇了一大跳，難道要我當武器與敵人力拚。

「拿好！」太吵雜，她吼著。

我顫抖的捧住盒子，心想，待會兒我一出手，警察就能把我當少年犯逮捕——這就是麥老師的絕招嗎？

人群中還是有人不斷尖叫，尤其是女生的叫聲更是尖銳。接著氣球拱門前的人群被警察推開，幾個人簇擁著一個矮個子到我們兄弟面前——能造成那麼大的混亂，應該就

是敵人。我手捧剪刀，眼睛半瞇不敢直視前方，只是，那矮個子前額已禿，腦袋亮晃晃的，跟里長滿頭灰白亂髮不一樣——

是市長！

我突然驚覺到，是頗受市民歡迎的市長，以及高過他一個腦袋，比市長更亮眼、更受歡迎的明星兒子到我面前了！

這是不是麥老師的計策？我轉頭看麥老師，她不理我，逕自搶走剪刀，換了紅布條到我手上。

「拿好！拉直！」她又叫著，我和哥哥一聽命，一條紅綵帶在我和哥哥中間展開。

旁邊有麥克風聲音響起：「歡迎市長及公子蒞臨麵包花園，我們請市長為我們麵包花園開幕剪綵。」

市長笑呵呵的，他要執行長一同剪綵。然後在熱烈的掌聲，以及

麵　包　花　園
HAPPY BIRTHDAY

不斷閃爍的鎂光燈中，市長拿起麥克風，站在臨時疊起的台子上說話。

「照顧弱勢族群，是我們市府團隊一直致力執行的目標。」他先說。

「很高興見到一間專門由身心障礙者經營的麵包店成立，所以——」他對著群眾大喊：「我們應該多給他們支持與鼓勵，對不對？」

「對——」麥老師與執行長帶著大家一起回應。

「那你們要答應我，」市長看著在場所有群眾說：「每天都到這間麵包花園捧場，好不好？」

「好——」麥老師與執行長又帶著大家一起回應。

市長說到這兒，突然一轉身，面對遠處正冷冷看待這裡的里長。

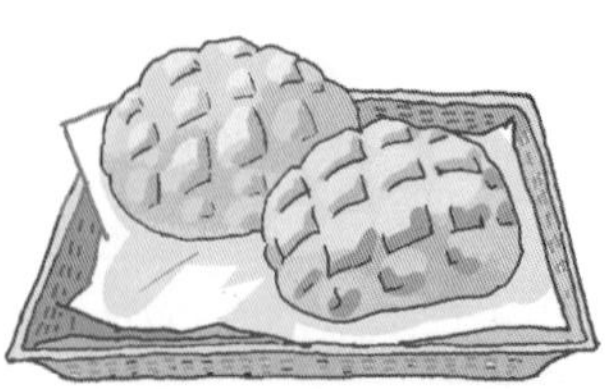

「啊，我看到了一位老朋友也在這裡。」市長誇張的伸出手臂指向前方，像一支遙控器般，所有人視線全被那隻手臂移轉過去。

里長身體頓了一下，似乎有點訝異，怎麼突然眾人焦點全移到他身上。一旁的凶神惡煞，也不再雙手抱胸，他們跟著里長，勉強擠出了一點笑容。

「他是這裡的里長，」市長大聲說：「也是我熟識的朋友，他是個熱心的人，我們請他過來好不好？」

「好——」麥老師與執行長又大聲喊，只是這次回應的人較少。

在市長強力邀請，以及執行長當面請託下，里長勉為其難的來到麵包花園，與市長一同站在台上。

「里長熱心公益，為了想服務更多的市民，所以有意參選下屆市議員選舉，是不是？」市長說。

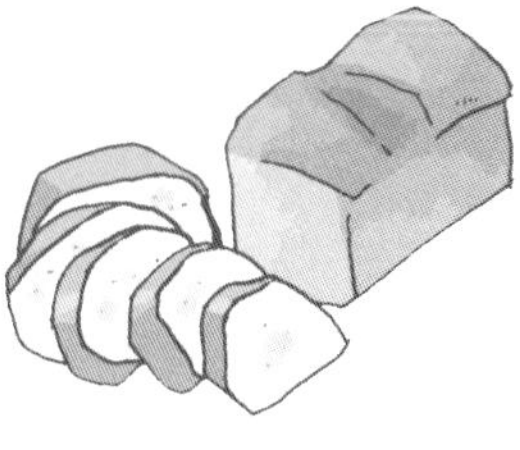

提到選舉，里長緊繃的苦瓜臉馬上眉開眼笑。那轉變一瞬間，有些膽小的人見到里長如此「變臉」，都嚇了一跳。

「對對對，我想為市民做更多服務，如果有機會，請大家多多支持。」里長笑得涎皮賴臉的，我可以感覺到他的口水都噴到我臉上了。

「那有什麼問題，」市長接他話：「里長關心所有市民，照顧所有市民，我們應該多支持他，對不對——」

「對——」又只有麥老師及執行長賣力的大喊。

「既然這麼有心，」市長話鋒一轉，說：「麵包花園今天開幕，那以後，也請里長就近照顧，多多幫忙囉。」

里長楞了一下，沒想到市長要他當眾答應照顧麵包花園，他臉稍

稍漲紅了一些。市長安靜的等待回應，麵包花園前的群眾也靜靜的等他回答。

里長「嘿嘿」的乾笑幾聲，然後，才扭扭捏捏的說：「沒……沒問題……」

「謝謝里長——」執行長帶頭歡呼，其餘人也跟著鼓掌、叫好。里長與麵包花園的對峙，在市長巧妙的安排中，先暫時化解了。

因眾人反應熱烈，里長見民氣可用，乾脆豁出去了，他對著麥克風大喊：「我就住在這棟大樓中，以後麵包店有什麼問題，我都可以幫忙解

決……我都可以……」

接下來他說什麼，沒人在乎了，因為市長的明星兒子捧了一大盤點心要大家品嘗，他兒子現在主演一部偶像劇，人正紅著呢！

人群立即擠向前方，里長被冷落一旁，市長也被冷落一旁，我本想也擠去看明星，可是又被麥老師抓住。麥老師雖老，但手掌像鷹爪一樣的鉗住我和哥哥。

「麥老師，請市長過來，這就是妳的絕招嗎？」我指指現在的熱鬧場面說。

「沒錯！」麥老師得意的說：「我當志工多年，早就跟市長熟悉，市長一聽我們的困境，馬上答應幫忙，而且連計策一起想好。你看，他把兒子、記者全都聯絡好，全都帶來了，他真是個大好人。」

「麥老師，妳也是大好人！」我喊。

麥老師哈哈大笑，麵包花園終於順利開幕了。

14. 爸爸的新工作

麵包花園裡外都是人，當然比麵包更吸引人的，是市長的帥氣兒子。他和民眾親切的招呼，也和店裡工作人員說說笑笑。有明星在現場，記者們最是忙碌，他們「咔嚓、咔嚓」的拚命搶拍，彷彿錯過了這一切，就再也找不到更好的新聞畫面了。

市長兒子的親善工作不輸給他爸爸，他和市長連袂出現，可說是相得益彰，為市長、為自己都加分。

約莫過了十分鐘，市長硬是湊到兒子身邊。和高大英挺，滿頭濃密卷髮的兒子相較，我終能體會到什麼叫做「歹竹出好筍」了。

「各位記者小姐、先生！」市長頓了一下，故意賣一下關子，「今天不是只有這樣而已，再帶你們到另一個地方採訪！」市長仍和之前印象一樣，篤定有自信，但和一旁的帥哥兒子相比，我才發現他的樣子是有點滑稽、可笑。

記者可能與我的審美觀相同，紛紛停按快門。市長不知醜的拉著兒子手臂，吆喝一聲：「來，跟我走！」

似乎知道有兒子這塊「人氣磁鐵」在手上，大夥兒必定跟著他，市長頭也不回，大步往店外走去。麥老師及執行長已在那兒恭迎。

「麥老師，你帶路！」市長像跟老友招呼似的，要麥老師引導，麥老師則像趕

鴨子似的，要我和哥哥也跟著一齊走。

來到路口，警察作勢要攔阻來往車輛，市長揮揮手，要和一般民眾一樣等綠燈。

一大夥人停在紅磚道上，路過的人車好奇觀望。

「來來來，鄉親們一起來——」市長在路口提起雙臂，像

唱男高音般的招攬群眾。等引來更多民眾，他才意氣風發，如摩西過紅海般的，帶領大家越過斑馬線。

市長製造了一點小玄機，大家被引逗得情緒高漲，一大群男的、

女的、老的、少的，外加一條狗，沿路嘰嘰喳喳像小學生出遊一樣的興奮。過完車海，再跟麥老師右轉入一條巷子。才一轉向，就見到第一間店面牆上掛著一支小巧但顯眼的招牌，上頭寫著：「李世明排骨店」。

那是一間賣排骨飯的小吃店。

我心中一震，心想：「不會吧！」

但再仔細看——果然沒錯，那是爸爸的排骨店！因為他正微微縮頭駝背，恭敬又帶點卑微的站在門口，迎接這一群讓他有點不知所措的吵雜群眾。

「這就是我所說的李先生。」麥老師為市長介紹。

「啊——你就是鼎鼎有名的唐太宗——李世民，久仰、久仰！」

市長伸手與爸爸握手。

「呃……是是是，呃……不是不是不是……」爸爸像遺忘自己的身份，慌張得一下說是，一下又說不是。

市長拉著兒子，大方的走入店裡，趁著人群還在猶豫，我和哥哥趕緊鑽入店裡。

其實這只是一間小小的店面，從店門口的攤架望入，很清楚的只見到五張桌子擺設其中。

店裡還有新裝潢的氣味，兩位身心障礙人士，身穿一樣的綠色圍

李世明排骨
李世明排骨
李世明排骨店

裙，站在角落拘謹的笑。我想他們應該是麥老師或基金會介紹來工作的。

和市長握完手，爸爸「嘿嘿嘿」的傻笑，拿出剛拆封的可樂果蠶豆酥請市長吃。

「怎麼吃這個？」市長故意大驚小怪：「要拿出你的招牌絕活招待我們呀！」

「是是是！」爸爸尷尬的笑了笑，趕緊走到攤架，熟練的切起剛炸好的排骨，然後要兩位店員送到市長所坐的那張桌子。

市長和他的明星兒子夾起排骨準備就口，一時之間，「咔嚓、咔嚓」的快門聲此起彼落，大家不斷搶拍，鎂光燈不停閃爍，害得我眼前白光一閃一閃的，都快無法辨人視物了。

「嗯，好吃！」市長豎起大拇指，一邊咀嚼一邊大聲稱讚。

「今早本市成立的兩間店，都是身心障礙者幫忙經營，一中一西，任君挑選。」

市長能言善道，打起廣告更是口若懸河：「以後就請各位多關照，日後我們市府開會訂點心、吃便當，除了向『麵包花園』訂購外，也會多向『李世明排骨店』預訂。這裡除了排骨飯，還有爌肉飯、肉燥飯、腿庫飯……各式飯類一應俱全，一樣好吃。」

記者還在拍照，市長將爸爸一把拉過來，開玩笑的說：「『李世明』就是他，很好記吧！這位老闆是唐太宗李世民投胎轉世的，以前當皇帝，現在賣排骨飯，就請各位多幫忙了！」

見任務圓滿達成，市長與爸爸、執行長、麥老師聊了幾句後，便帶著兒子先行離開。

但人群還未散去，此時是中午用餐時間，大家就近向爸爸點起餐點。爸爸要哥哥圍起圍裙，開始送飯菜或包便當。原來這兩週哥哥都在店裡，和另外兩位店員一同特訓。

我想幫忙，但不了解店裡狀況，弄得手忙腳亂，連餐桌上的剩菜剩飯，以及雜物要往哪裡擺都不知道。

「那你幫我收錢好了。」趁空檔，爸爸對我喊了一句。因為他發現一下要夾菜、切排骨，一下要算賬、收錢，雙手摸這又摸那的，似乎不太衛生。

我於是認份的站到收銀機旁，認真的把關每一塊錢。一旁的爸爸不斷炸排骨、夾配菜，抿嘴一臉專注的他，連吃蠶豆酥的時間都沒了。

排骨飯或爌肉飯不斷送出，客人的反應似乎不錯，一位員工不斷將盛好的餐盤送到客人桌上，哥哥和另一位同事則一起幫忙收拾桌上

的垃圾。在第一桌客人的上方，還可見到爸爸烹調丙級證照裱背在牆上，因燈光的關係，它鏡面反射出的光影就直接映照在爸爸的頭上、身上，好像時時提醒爸爸，別辜負當初的努力。

我想，將證照掛在牆上，應該是媽媽出的主意吧！

麵包花園終能順利的開幕，在它附近的巷口，爸爸也開了一家小吃店。爸爸當了老闆，哥哥的工作有了著落，店裡甚至還招募了兩名員工！

我衷心的盼望「李世明排骨店」，不！連「麵包花園」也都能順利經營下去。希望佛祖、媽祖及耶穌，能眷顧這兩間店，都能聽到我的心聲——阿們！阿彌陀佛！

15 我的新任務

我在下午兩點，人潮較少時離開爸爸的小吃店。回程經過麵包花園，見到店裡有不少人在那裡喝咖啡、吃蛋糕。我心滿意足的慢慢踱回家，心裡輕鬆極了，和早上出門時，那種假意悠閒的心境是一百八十度大轉變。

爸爸和哥哥大約晚上十點多才回到家。

「以後大概都是在這時候回來。結束營業後，要清洗廚具、桌面、地板，還要醃製肉料、準備材料，有很多事要做呢。」爸爸說。

「好累喔……」哥哥垮著臉半瞇著眼，疲累不堪的說。

「上班賺錢就是這樣，」爸爸一臉疲憊，但卻笑嘻嘻的，可看出他心情愉快。

「每一塊錢都是辛苦賺來的，一分耕耘一分收穫哇！」爸爸當了老闆，話變多了，也開始會老氣橫秋的說些大道理了。

爸爸還想再說些人生感言，不過門外突然傳來一聲叫喊，讓他臉孔馬上扭曲起來。

「喂——李世明！」

是媽媽，她又直呼爸爸的「名諱」了。

不過媽媽進門時也是充滿笑意，她才剛幫醫院同事代完班。

「今天生意怎麼樣？」媽媽問。

「還，還不錯！」爸爸有些戒慎恐懼。

「對嘛，早就說過你手藝不錯，生意應該不差的。」

「爸，你是哪時決定要開小吃店的？」這是我最大的疑問。

「從還沒開始放暑假就已經想到——開一間排骨店，帶著群橋一起做，就不用煩惱就業問題了。只是那時只敢想，不敢冒險去做，因為開店要租金、要成本，還要擔心生意做不做得起來。」爸爸小聲說。

「那為什麼最後決定要做？」

「就是兩個多禮拜前，里長要麵包花園關店開始。為了哥哥，你媽跟我才決定要開店的。」媽媽跟爸爸點點頭，要他繼續說下去。

「附近要找店面不難，只是很久沒做餐飲，一開始沒信心，所以我每天做排骨飯、爌肉飯，讓麥老師以及麵包花園的員工試吃。有他

們的鼓勵及建議，我才有勇氣真的開店。」

「難怪我最近都在吃同樣的排骨飯！」我埋怨著：「而且你們都沒跟我講開店的事。」

「嘿嘿……」爸爸又學哥哥傻笑，「謝謝你了，我每天都在觀察你吃飯的樣子，有時會故意問你不好吃在哪裡。你看！你們的意見我都抄在小簿子裡，隨時做檢討……」

癱在沙發上的哥哥，這時忽然大聲嚷嚷起來：「我們又上電視了！我們又上電視了！」

大家一齊回頭看，果然，電視在播報麵包花園

及李世明排骨店的新聞。我們仔細看完約二分鐘的新聞，最後畫面是特寫李世明排骨店的招牌，以及爸爸的臉孔。

「爸，你出名了，大家都知道你叫李世明，還開了一間『李世明排骨店』。」

「嘿嘿……」爸爸又是「嘿嘿嘿」的，他興奮的大把抓起蠶豆酥吃，剛剛縮頭縮腦的模樣都沒了。

「小心『人怕出名豬怕肥』！」我開玩笑的說：「說不定改天我會把你炸成排骨來賣。」

「唉呀！」爸爸用力拍著手說：「說到要你賣排骨，今天傍晚，

幾位家長帶著唐氏症的孩子來吃排骨飯。」

唐氏症協會全台北、中、南都有分會，是一個頗有向心力的團體，家長們彼此常聯絡。

「然後呢？」我問，我不知賣排骨也可以牽扯到我。

「他們說我的排骨飯真的好吃，建議以後多開分店，讓成年的唐氏兒有機會在店裡工作。」

「很不錯的點子。」我點頭表示贊成。說不定一身排骨的爸爸，日後開了十幾家分店，成為「排骨大王」，然後他的身材及名字都可當成活招牌。

「我說不行，因為我能力最多只能顧一間店，所以我推薦你去開分店。」

「我！」我驚訝

得張大嘴，說：「我幹嘛去開店，我連煮飯作菜都不會！」

「我教你呀！」爸爸說。

「我還要念書！」

「那不影響啊，等你念完書，大學畢業，就來開店。」

「那幹嘛念書，乾脆我現在就來賣排骨飯。」

「好哇！」爸爸很乾脆的說。

「我才不要！」我很後悔前一句說得太快。

「念書能幫你將店經營得更順利，也不一定以後就要賣排骨飯。」媽媽做出結論：「還是先把書念完再說。」

「對，」爸爸馬上接話：「念完後就來賣排骨飯。如果我這間店經營得不錯的話，下次唐氏症協會開會，就把你賣排骨飯的點子報給大家知。」

Doritos

老實說，爸爸的想法其實是不錯的。

爸爸勇敢的承擔起一間店，有了責任，也有了自信，連提出的建議也是可行的。想一想，哥哥為了找工作，這一個月來遇到多少困難。如能在這百萬人口，每天都有很多人要吃飯的大都市裡，多開幾家分店，多安排些身心障礙人士就業，那真的是勝造七層浮屠了。

只是，我覺得好像烏雲罩頂，不！不是烏雲！是一大塊又嫩又厚又多汁的炸排骨籠罩在我頭上，我被這陰影嚇得有點退縮了。

「不要……」我想抗議，我不想年紀輕輕，就背負一大塊排骨使命在肩上。

不過爸媽及哥哥他們都累了，大家擅作主張決定了我的命運，然

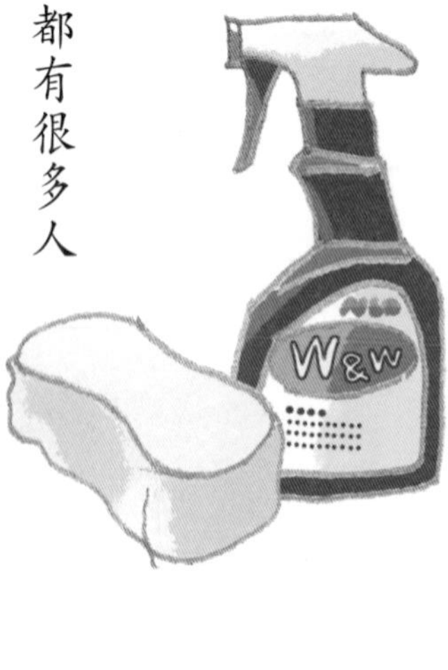

後一鬨而散，不再理會我——大家把我當成可憐的流浪狗，視而不見較讓自己更心安。

我像個怨靈般的縮在客廳。即使我年紀最小，也該予以尊重啊，我想再次汪汪汪的發出不平之鳴，只是——

望著爸爸單薄又佝僂的背影，實在不忍當下就將他的計策全盤否定。

難得今天爸爸這麼有出息，不僅當老闆，還造福人群，想出不錯的計謀。這是自我懂事以來，頭一次見到爸爸如此風光的樣子……

所以，如果能讓爸爸重拾信心，重振雄風，那我犧牲一下，又何妨？

那就這樣子吧！就像電視新聞中常說的那句——

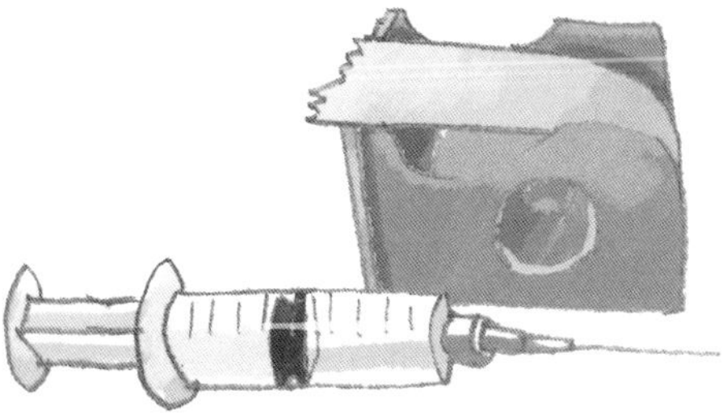

「概括承受」，一切苦難我擔了。

我邊「喀」蠶豆酥，邊想到我竟能這麼的隱忍與委曲求全，一行英雄淚忍不住就快流下來。

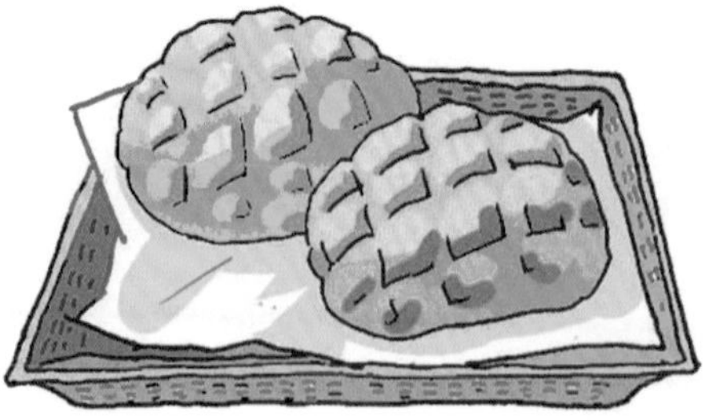

延伸閱讀：

爸爸的超級任務

鄒敦怜

故事簡介

哥哥從高職畢業，沒有學校可念了，得開始找工作，爸爸的任務就是得幫哥哥找到一份穩定的工作。一般人找事情，只要勤快認真，差不多就可以開始體驗職場生活。只是哥哥是個特別的人物，他是唐氏症患者。唐氏症患者，跟一般人有什麼不同呢？

許多人都有類似的經驗：在熙熙攘攘的路口，一個帶著微笑的人，掛著一個裝著手工餅乾的小盒子，用固定而高亢的聲音，在志工的陪同下，來到你面前兜售；在某些特定的商家，會看到那幾個有點笨拙卻勤樸的身影，他們正在洗車、打掃、擦拭或是製作手工品。他們來自不同的家庭，但因為基因的關係，面容都有些許神似，他們是俗稱「唐寶寶」的唐氏症患者。

唐氏症患者大多有先天上學習障礙與智能障礙的問題，要照顧這樣的孩子，家庭的負擔與顧慮一定是加倍的。故事中的一家人，爸爸是個計程車司機、媽媽是醫院看護，透過「弟弟」的角色，描述哥哥畢業後的一個多月中，爸爸幫忙找工作的時所發生的點點滴滴。

哥哥的「履歷」洋洋灑灑，先是媽媽想訓練哥哥當醫院看護工，只是倔強的哥哥不肯清理骯髒的排泄物，甚至還跟媽媽吵架；接著，爸爸嘗試讓哥哥當「隨車小弟」，但哥哥的模樣卻把客人都嚇壞了；爸爸又安排哥哥在車行旁邊擺攤洗車，但是來來往往的司機，教會哥哥賭博、抽菸、吃檳榔；哥哥曾被集團利用，坐在輪椅上賣口香糖，但卻差一點被拐騙離家；還曾在專門收容身心障礙的工廠工作，但又跟裡頭的人起衝突。

短短的時間，哥哥嘗試了許多工作，坎坷的經過雖然寫得幽默逗趣，但卻藏著點滴辛酸。作者讓故事有了美好的結局：有了爸爸媽媽堅定的相信與扶持，哥哥終於在基金會創立的「麵包花園」裡工作，爸爸開了一家排骨店，裡頭也有身心障礙的員工。爸爸的超級任務，也是全家人心中的掛記，這家人也因為這段時間的種種經歷，有更緊密的連結。

基本提問

1.（Who）這個故事裡頭，有哪幾個主要人物？有哪些次要人物？

2.（When）哥哥什麼時候開始找工作？花了多久的時間，才找到適合的工作？

3.（Where）故事描述的地點包含哪些地方？這些地方有什麼特別的意義？

4.（What）爸爸的「超級任務」指的是什麼？為什麼說這是「超級任務」？

5.（Why）為什麼哥哥找工作會遇到這麼多麻煩？一般人是怎樣看待身心障礙者？

6.（How）爸爸最後運用怎樣的方式完成任務？

延伸思考性問答

1. 爸爸的名字是什麼？這個名字有怎樣的特殊性？透過古今兩個同名的人物，作者取這個名字可以展現怎樣的效果？

2. 媽媽指派了怎樣的任務給爸爸，為什麼媽媽不自己完成這個任務？

3. 「我」小學畢業家人沒來參加，哥哥高中畢業卻是全家人都去，為什麼會有這樣的安排？「我」會覺得不公平嗎？從故事中這段情節的相關內容，找到關於「我」的兩個特點。

4. 媽媽為什麼住院？在住院期間，媽媽想怎樣訓練哥哥？結果怎麼樣？

5. 哥哥當爸爸的「隨車小弟」，有什麼優缺點？你覺得這樣的方式可行嗎？為什麼？最後因為怎樣的狀況，哥哥不再當「隨車小弟」？

6. 讓哥哥洗車的主意好嗎？這個計畫因為哪些事件不得不停止？

7. 李叔叔帶來怎樣的工作機會？哥哥工作的表現怎麼樣？你曾看過做類似工作的人物嗎？

8. 為什麼李叔叔要拐走哥哥？為什麼還有「中年婦女」抗議這次的營救行動？李叔叔是壞人嗎？說說你的想法。

9. 麥老師是誰？她為什麼會主動找上門？她幫哥哥介紹怎樣的工作？哥哥這次有順利就業嗎？為什麼？

10. 電子工廠之後，哥哥的新任務是什麼？爸爸在這個新的工作地點，展現自己哪方面的能力？

11. 「麵包花園」當地的里長用哪些手段想讓商店開不成？為什麼他對這間商店這麼不友善？

12. 麥老師用怎樣的方法，化解里長對「麵包花園」的敵對態度？

13. 爸爸最後決定不開計程車，經營一家「李世明排骨店」，爸爸為什麼這麼做？你覺得這樣的決定好嗎？

14. 爸爸順利完成媽媽交代的任務，為哥哥找到工作，在故事最後，「我」被賦予怎樣的新任務？「我」的態度是怎麼樣呢？這個任務跟一開始爸爸的任務比較起來，哪個比較沉重？說說你的想法。

活動一：閱讀追追追

活動方式：

1. 先閱讀仔細下面的資料，標出重點，並記錄下來。
2. 分組討論資料中的內容，與故事中哪些段落的描述有關。
3. 可以上網搜尋更多的資料，了解這本《爸爸的超級任務》裡頭的主角狀況，與主角家庭可能會面臨的挑戰。

一、認識唐寶寶

唐氏症是最常見的染色體異常疾病，多為偶發，並非來自遺傳。由於唐寶寶比一般人多出部分或完整的第二十一對染色體，這些多出來的遺傳物質，使得唐寶寶具有特殊的外表特徵與生長發育遲緩等問題。

唐寶寶的外表常有下列特徵：斷掌紋、顱顏輪廓較扁平、鼻樑較塌、眼裂往外上揚、短頭畸形、小口併舌頭突出、手指粗短、小指內彎……等。他們的認知功能通常在五十歲左右開始退化，且較一般人提早老化，老化的徵兆，罹患失智症的風險也較一般人高。

二、唐氏症預防

在台灣，平均每一千二百六十三名新生兒中就有一位唐氏兒。唐氏症的發生率與母親年齡的增長有關，超過三十歲的產婦約有八百分之一的機會生下唐寶寶，超過四十五歲的產婦生下唐寶寶的機率提高到二十五分之一。即使年輕孕產婦的發生率較低，但每個媽媽每次懷孕仍有生出唐寶寶的風險。目前的醫療檢驗技術已發展出相關產前篩檢，孕婦可透過篩檢，降低胎兒罹患唐氏症的風險。

三、唐氏症需要的支持

（一）早期療育：早期發現、早期介入、早期治療對孩子幫助愈大。對身心發展遲緩的唐氏症兒，利用學習刺激，引導他們可以較正常的成長，增加生活自理的能力。

（二）社會資源：結合社會資源，為身心障礙者提供小型作業所或就業機會，讓他們成為社會人力資源之一，也能減輕家人的壓力與負擔。

資料來源：

唐氏症基金會 http://www.rocdown-syndrome.org.tw/index.php

活動二：故事脈絡整理

活動方式：

1. 仔細讀故事，按照時間順序，整理哥哥在這段期間做過的工作以及結果。
2. 想一想，假如沒有這些波折，哥哥一畢業就找到「麵包花園」的工作，這樣的安排好不好？為什麼？

哥哥的工作履歷表

工作內容	遇到的狀況	結果

活動三：人物放大鏡

活動方式：

1. 書中的幾個人物：膽怯不積極的爸爸、勤奮掌管實權的媽媽、體貼聰明的「我」、憨厚純真的「哥哥」、為學生努力付出的麥老師，以及李叔叔、車行老闆……，哪些讓你有深刻印象？
2. 這些人物在作品中都有相當生動的描寫，請選出其中兩個可以相互比較的人物，在書中擷取相關訊息，比較兩位人物。

比較內容	人物一：（　　）	人物二：（　　）
個性		
兩者相同的地方		
兩者不同的地方		

活動四：伸出友善的手（討論、演示）

活動方式：

1. 讀一讀書中其他人與哥哥的互動，找出有哪些「不恰當」的方式。
2. 教師提問：
（1）這些人對待哥哥，為什麼會出現不恰當的言語或行為？
（2）假如一般人聽到這樣的話語或看到這樣的行為，反應跟「哥哥」會一樣嗎？
（3）假如你周圍有類似哥哥這樣的人物，你會怎麼跟他相處？
3. 運用角色扮演的方式，選出書中段落，演出與身心障礙者相處，更溫暖友善的方式。（例如：書中描述有司機跟哥哥玩牌，可以扮演另一個司機，勸阻同伴不要藉機欺負身心障礙者。）

活動五：認識他、關心他

活動方式：

1. 在我們生活周遭，有許多公司行號已經營造友善的環境，讓身心障礙

者可以安心工作；也有許多身心障礙者，憑著特有的才能，展現自己的專長。找一找在住家周圍，有哪些這樣的人物

2. 紀錄在這些人物出現在哪裡，他們從事怎樣的工作。

3. 想一句友善的話，試著親自跟這些身心障礙者說一說。

我的紀錄	出現的地點	工作的性質	我想對他說的一句話

活動六：怎樣做比較好？

活動方式：

故事中，市長、麥老師和李叔叔，儘管他們的出發點不同，但他們所做的事情，都能安置身心障礙者有工作，不會造成家人太大的負擔。儘管李叔叔的作法看似不好，但是當李叔叔的集團被偵破之後，也有家長怪罪。究竟

怎樣做對身心障礙者比較好？小組討論之後，參考下面的關鍵詞，寫出你對友善對待身心障礙者的計畫。

我的計畫 我可以成立一個…… 裡頭有…… 身心障礙者在裡面可以……

後記：善心與善意

我大兒子是個智能不足的孩子，多年前他出生時，曾與一同進修的師院同學提到，說不定我以後會多寫他的故事，多為這樣的族群發聲。當時正走過師院漆黑的籃球場，我得意的「嘿嘿」幾聲說，等哪日寫多了，別人一聽我名號，馬上就聯想到——啊！他就是那個專寫智障故事的「智障」作者！

只是現在機會來——很感謝九歌出版社能給我這機會，可以正式嘗試當個「智障」作者了。我摩拳擦掌、磨刀霍霍的不斷逼迫那可憐的腦袋瓜，看能否擠出一點什麼好料來。結果發現，寫這類的題材，對我來說太真實——真實到其中的辛苦，其中的點點滴滴，我都可以親炙得到。

寫一個故事還要被它燒燙傷，這實在不太划算了。

不過換個角度想，寫這類特殊兒童的故事仍是重要的。因為多接觸，可以減少對身心障礙人士的陌生及疏離，而從故事中以模擬的方式揣摩，更是一個不錯的點子。

前一週，我教的三年級小朋友，與三位特教班的孩子相處了一節課。特教班老師課程設計得很不錯，我們班小朋友也表現得很好——可是如果事前能多讀「善心」作家們，所寫的那些特殊孩子的生活故事，讓故事在他們腦中產生「發酵」作用，說不定那一節課能更熱絡些——我是這麼貪心的想著。

所以拜託善心的作家們，仍要多寫這類的題材，千萬別被鄭某人的胡言亂語，迷惑了你的善心與善意。

說了這麼多，再回到這故事本身。故事中的許多材料，不全是瞎掰的，很多是我多年聽來、見來的，它們一直留存在我腦袋的資料庫中：

比如，我曾跟著學校的小朋友去採訪，聽善心的電子廠老闆說，他所雇用的智障員工，會因害怕別人搶他飯碗，而在工廠內起衝突。

比如我曾在報上見到，社區居民為了表達不滿，於是塞塑膠袋到庇護機構的冷氣機裡。

還有一次更誇張，多年前我曾在路旁上抽菸（原諒我那時會製造空氣污染，現在我已戒得很徹底了），一位年輕的唐氏症患者突然現身，笨拙的向

我要菸抽。我那時又驚訝、又慌張，除了搖手不給，還結結巴巴的對他說抽菸對身體不好（抽著菸說抽菸不好，這立場很奇怪）。

一個智障的年輕人會抽菸？是誰教他抽的？抽菸需要學習，是誰那麼壞心，一次次教會從頭到腳、從裡到外都有病的唐氏症患者抽菸？

這些問題，這些所見所聞一直留存在心中。於是，我像一位初學的廚師，將這些材料切一切、炒一炒，炒出了這個故事。

另外，我這個故事，其實也寫得有點「好高鶩遠」。

當初單純的想法是，善心的兒童故事作家很多，他們寫了不少國中、小特殊兒童的故事。貪小便宜的我，仔細算計的結果，於是想撿便宜，想標新立異，想站在別人肩膀上「欲窮千里目」。所以進一步將特殊孩子年齡層增加，將他們的人生歷程自學校延伸出去——因此寫了一位智障的哥哥，從特殊學校高中部畢業後，欲在社會上找工作的故事。

將視野從學校生活拉到出社會找工作，這樣夠標新立異，夠好高騖遠了吧！

不過在玩笑之餘，我也有個衷心期盼，期望小讀者們除能善意對待這些孩子外，長大後，也能在社會上繼續扶持他們。而我就是想利用這故事，在他們心中發芽、生根。

最後故事的結局我並沒有寫得很圓滿，因為「哥哥」的問題，最終還是由他們家庭去解決。這樣的結局並不完美，原因何在，小讀者們可以細細去思考。

鄭丞鈞
二〇〇九年四月

九歌少兒書房 264

爸爸的超級任務

著者	鄭丞鈞
繪者	劉淑儀
創辦人	蔡文甫
發行人	蔡澤玉
出版發行	九歌出版社有限公司 臺北市八德路3段12巷57弄40號 電話／25776564・傳真／25789205 郵政劃撥／0112295-1
九歌文學網	www.chiuko.com.tw
印刷	晨捷印製股份有限公司
法律顧問	龍躍天律師・蕭雄淋律師・董安丹律師
初版	2009年5月10日
增訂初版	2017年12月
增訂初版2印	2020年 4 月
定價	**280元**

書號	0170259
ISBN	978-986-450-159-5

（缺頁、破損或裝訂錯誤，請寄回本公司更換）

國家圖書館出版品預行編目(CIP)資料

爸爸的超級任務 / 鄭丞鈞著 ; 劉淑儀圖.
-- 增訂新版. -- 臺北市 : 九歌, 2017.12
面 ;　公分. -- (九歌少兒書房 ; 264)
ISBN 978-986-450-159-5(平裝)

859.6　　　　106020463